U0939538

有生之年

落落

〔图文集〕

ICELAND

[I C E L A N D]

CONTENTS
目 录

ZUI
Zestful Unique Ideal

FOREWORD

余生或未来

还好吗。

你。

我还好。目前为止，和一直以来。还算好吧。

书不在计划内，来得有点突然，突然想去冰岛，于是去了冰岛，接着又去冰岛，然后再去了冰岛，回来还是发现要写写它。虽然冰岛从不在我的“人生理想 50 项”列表里——我的人生理想有什么呢，想上太空，想写作水平更高点，写作速度快一点，想变得好看点，想不会为信用卡欠债发愁，想家里的宠物能活到二十岁，三十岁，想父母身体都好，想做一个对外人也可以直接发脾气的人……都没什么新意也没什么意思，里面从来都不曾出现过“冰岛”。

它不在我心，不在我身，不在我喉，不在我肺腑，不在我的言不由衷。

现在是凌晨五点五十分，天有一点点亮了，高楼后面是灰紫色的一片云絮，从红色向蓝色渐变的背景。近处有高架，晚上的话，一直能看见停在上面值班的警车，只有它的灯光闪烁得最活泼。那是我在冬天里记忆特别深刻的画面。

我这几年太喜欢冬天了，最喜欢的就是冬天。冷得没法动弹，在室内也要裹得里三

层外三层，脖子上扎两条围巾，但偏偏冬天是最忙碌和世情变化最快的时候。冷能够加深记忆，最后成了咬牙切齿地记住它们，光秃秃的树和光秃秃的灰色的城市里，发生刻骨铭心的事情。冬天特别适合“忍耐”这个词语。我最近又被朋友这么评价了：“我知道你的呀，你最擅长忍耐了。”

听起来一点也不像夸奖啊。其实朋友的原意也不是夸奖。她说的时候，是非常同情地看着我。

下了雨，街上铺了层层的梧桐叶，单行道后的红灯经它们一拂成了绿灯，夜晚是从周遭开始降临的。一片叶子打着转进了我的驾驶室。一点点地驶过邮局，咖啡馆，卖“外贸成衣”的店铺，老板正在努力把一大蓬的羽绒服塞进队列里，满头大汗的样子，还路过一只大鸟，一只野猫，路过奶茶店铺。

想着，这已经成为最习以为常的画面了啊，从公司回到家，烂熟于心的景色，按部就班地等待在余生里，鱼鳞一般，精确地丈量着时光如河流从身体上流泻而过。

但冰岛始终在未来里，它真奇怪，只和未来相关。哪怕关于它的记忆怎样也写不完，抒发一片冰湖或者一座雪山，记忆连篇累牍，一件件历历在目的都是过去发生的事，但它依然停留在未来里。它是从这个世界溢出的，自享独创的时间体系。

所以，当余生碌碌，当余生穷途，当余生从确凿的终点开始回溯，清点可怜巴巴的人生资产时，我就去想想冰岛，它依然在未来里，之后是无穷希望，无穷奥秘，无穷的宇宙的真理。

——落落

TUC
mini
Snackies

ICELAND

CHAPTER 01

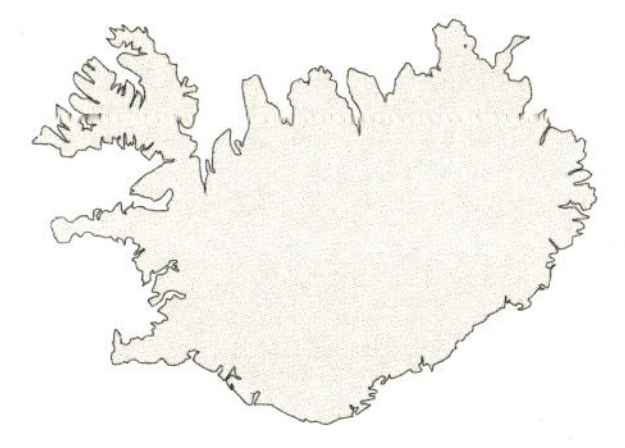

〔1〕

我老是会想起那段话，电影《美国往事》里的那段话：

“当我对世事厌倦的时候，我就会想到你。想到你在世界的某个地方生活着、存在着，我就愿意忍受一切。

你的存在对我很重要。”

〔2〕

后来发现，每次反而是在旅行结束，回到家后的一个星期里，所有的副作用才最集中地爆发出现了。就是在那之后的一个星期里。摊开在客厅的行李箱还没完全整理收拾好，阳台上晾着行程中累积下的所有衣物（并且回回都因为晒出后遇到雷雨遇到沙尘，或者单纯在收衣服时掉到楼下而又重复洗了两三次）。家里还是老样子的，什么也没有变，堆了两三只碗，拆快递后剩下的纸板箱大号中号小号和小小号。夜深了，开着的窗外零星飘来男女的嬉闹，附近有两个 KTV，他们一脚深一脚浅地从酒精和歌曲里暂时撤退了吧，快乐得百毒不侵。然后天一点点亮了，亮在一排排高或低的小区楼房中间，玻璃窗将原本并不强烈的阳光百倍强烈地反射了回来，碰到阴雨天，黄糊糊的灰糊糊的，有种矫情的懒散的美，倘若换上台风季节，窗外的雨滴带来大片狂草式的书写，却又突然娟秀起来，成了小楷一个字一个字地抒情。又一天开始了啊，门口的便利店做好了准备，打扫马路的笤帚们已经消失，顶着忽然之间高升的晨光，开始这再熟悉不过的一天……往往在这个时候，才姗姗来迟地发现，怎么搞的，真想再去一次，冰岛真好，恨不得马上就走，马上就买机票，马上就把车开进荒无人烟，被沉闷的极夜重重地压迫胸肺，或是被不倦的极昼随意嘲笑，沿途时时刻刻担心自己会死，车祸，冰川裂缝，无人知晓的怪物，当然更现实的困难是找一个加油站找不到怕车罢工，找一个厕所找不到恨恨地想要不干脆就地解决吧也算是一种自然循环。

每次都是回来后的一个礼拜，必然收获这种疯狂发酵后的念头。这欲望膨胀得不行，把人逼迫挤在一个角落不能动，最后终于对它讨饶了，好好好，再去一次还不行嘛，答应你啦，算你狠嘛！它还是不信，手作势要掐着我脖子命令“现在就开机票网站！现在就打电话给租车公司预约！现在就去订旅馆！现在！”反正要还信用卡债的是我，欲望只要一个劲地拔高嗓子尖叫“要去要去就要去！我不管我就是要去！”就行了。我这人从来面对欲望就没什么解决办法，它失控我就跟着失控，宠得毫无还手之力，明明能力不济，也要摘星星摘月亮地伺候，并且从来不与它计较最后到底是得或失。既然这不是一种“希望”和“心愿”了，不在它们的范畴里，而是更赤裸裸的，极其焦躁的“欲望”。在网站上一步步地订票，到最后按下结算的按钮时，可以感觉到从胃里好像伸出一只手似的，精神已经自行拟人化，要抓点什么急切地填塞住饥饿感，填塞住空虚感的，那份欲望。

〔3〕

第二次去冰岛，在荷兰阿姆斯特丹转机，去时是，回来也是，下降时飞机在气流中剧烈地颠簸，搞得人一阵阵晕眩恶心，坐在我旁边的荷兰女孩子递给我纸巾，问没事吧，她说这片空域就是这样，每次坐都被颠得乱七八糟的。而早在去的时候，中间转机的等候时间有十几个小时，利用它去阿姆斯特丹市区里转了转，大清早的六点半，坐长长的红色的公交车，下站后走条乡间小路，鞋子边缘湿出了一圈苔绿，头一个地等在了郁金香公园的门口。轮到从冰岛回来，再一次转机时没了那么多时间，也懒了，一直泡在机场，随后找了个机场里的餐厅吃饭，在离开时被里面的服务员大叔拉住说我少付了一杯后来追加的啤酒钱，我起初觉得是个好笑的误会，跟他一再地表达“我明明给了您五欧元的，您还找还了我二点五欧元，您再想想，您再想想，我绝对绝对没有赖账”，但他同样坚持地一口咬定我没有付，问我“付了的话肯定有收据的”，我一瞬傻眼“可从头到尾这杯啤酒的收据你就没有给我”，他之后叫来了餐厅经理让他来定夺，我在表述时因为情急把“给了五欧元”说成“给了五美金”，则被挑刺说“她改口了”，果然餐厅经理听完服务员大叔的描述后还是要求我得支付才行。

第二次回到家后已经打定主意，似乎差不多够了，反正签证的期限也到了，钱也用完了，去个两次也行了。两次都看到了极光，并且第一次时失败的环岛行到第二次也完成了，再去好像没啥必要。上帝总是这样，对新鲜人们特别好，新鲜时万事万物都是完美，有点麻烦也是完美有点困难也是完美，在回忆里有滋有味，被他们打击的自己也能从中吸取到别样的新鲜血液，让心脏格外有力地跳动两下，而一旦不新鲜了，麻烦恢复成普通的麻烦困难也是再普通不过的困难，平时在家门口让邻居们堵心的事不受时间空间影响照样发生，整个人便丧气下来，丧气成平日里颓废在家的自己。

但真的只过了一个礼拜而已，发现它又来了，是几乎快要肉眼可见地，一寸一寸碾着自己。所有记忆中的画面，气味，光线，摇下车窗时剧烈得几乎要让人睁不开眼睛的狂风，将自己完全穿越，继续沿着平原狂泻而去。不远处的前方下着暴雨，一大朵云拱着背地卖力洒，渐渐视野开始模糊，自动雨刷随即敏感地摆动，而后视镜里跨一条彩虹，衬以蓝天，衬以白云，从一座山到一片湖水，我像是在两个彼此垂直的世界之间，穿越一条趋于不存在的界线。又想起第一回去冰岛时，碰上极夜，似乎成天都开着夜车，路上是没有灯的，只有两侧贴着反光标志的路杆，间隔地一闪，一闪，一闪，开很久很久也遇不到其他人，却一心一意地奔着尚且浮在夜色上的雪山去。雪山真奇怪，总是看不见山脚，却巍峨地凌空。

就想了这么一小会儿，发现自己大概还是得去个第三次才行。换到古书里的说法就是，中了它的毒要怎么解，解药却还在它那儿，得在多少时间内找到它，不然的话会怎样呢，我想或许就是被宛如从身体里伸出了一只手的欲望粗劣地折磨，所以古书里的人也已经踏上路途了吧，对他肇事的是一朵花，还是一掬水，还是一柄带锈斑的武器，或者拇指盖大的蜘蛛，还是个一席蓑衣的人呢。

有花也有水，有巨大的冰原如同武器，无言的雪山如同武器，没有什么虫，也很好地没有毒蛇或者其他危险的动物，同样也没有额外的人，没有那个人的冰岛。

〔4〕

有谁是在洗澡时心情最沉闷的么。

常常奇怪的是，不是都说泡在浴缸里应当是心情舒坦享受极了才对么，为什么轮到自己身上，总是一股脑地消沉了。想今年也没干成什么事啊，去年也算不上干成了什么事，还多出新的问题一号新的问题二号，不喜欢的人变多了，喜欢的人变少了，搞不好一切都是我自己的问题吧，是我为人处世的方法太糟，是我自己能力不行吧，我早就撞到天花板了，再也别想着能往上突围一寸，我就那么点空间，说聪明都是假的，说努力其实也有些凄凉，原来这十几年，人还是没有脱胎换骨这件事……前三十分钟都在想这些了，不停换着更递进的副词形容词，就为了在结论里把自己判断得一文不值。之后的三十分钟再试图从浴缸里把自己打捞上来——应该是过于苛刻了，看开点，不至于那么糟，私自把奥卡姆剃刀原则篡改个说法就是，“想得太多真是病”。真没错，感情之所以会在洗澡时低落，就因为那一个小时里完全供自己胡思乱想，没网刷没剧看没书读，一个人对着瓷砖，白色，黑色，白色，黑色，看它们如何互相设局和破局，彼此挖着简陋的陷阱，因为对手都不太高超，所以此消彼长的过程也同样微渺，让我对自己忽而微渺地愤怒了忽而微渺地谅解了。

如果世界可以实体量产那把奥卡姆剃刀就好了，它说化繁为简，它说“如无必要，勿增实体”，它说“取相对简单的那个结论”，在成群的需要它的哲学家物理学家数学家社会学家之后，队伍里也排着我。当其他人用它来刻画宇宙的位置，为经验科学开山，剩个无知的自己，希望可以借着握在手里的它，“让事情保持简单”。

所以到最后，那个最简单的结论，那桩最简单的事情，那个最简单的实体里，自己到底是什么啊。

和餐厅老板及服务员争执不下没有结果，航班倒是眼看就要开始登机了，最后我还是付了那杯已经付过一遍的啤酒钱。从钱包里翻出之前对方找给我的二点五欧元摊在掌心，等他们在机器后面打印了收据，我接过来，提上所有的随身行李，离开后先折进对面的卫生间，推进门去，手肘压在墙上，脸在里面伏了一会儿。觉得从头至尾自己都没用透了。让事情得以发生就是没用，对发生的事情居然感觉委屈更是没用。想着“屁大点事”又倍感违心，但想着“恨透了，超窝火”，之后又会追加上“可我还不是毫无办法？”

每次写小说，虚构一个人物时，很清楚地知道，所谓的人物描写，对 TA 的刻画和塑造，最后都落在每次出现有压力的选择时，TA 到底做出了怎样的决定。多大的压力都可以，多小的压力也同样成立。每个角色都是这样在一次次的选择和舍弃中逐步成立，开始有了真实性，有了让人能够感同身受的存在感。是强，是弱，是狐假虎威的强，还是添兵减灶的弱。于是混杂其中的是雷厉风行，是进退首鼠，是气骄志满，是惭凫企鹤，都是自我选择后产生的结果。

而我便是，想着“算了算了”放弃，想着“我没有办法”，想着“也只好如此”，熟练地以忍耐压抑住放弃后的全部不悦。

反正每次都是这么选择的。从出生到今天。

在自己的决定中成为这样的人，然后再下了决心不喜欢这样的人。不喜欢自己。从来没有喜欢过。并且将来也不打算改变。

〔5〕

我订过的一家旅馆居然从 Booking 网站上消失了。第一次去冰岛时订过一家名叫 Hotel Skaftafell 的宾馆在网站上找不到了。当初抵达时周遭早已陷入沉沉黑暗，并伴有大雨，即便第二天早晨出发，四周仍是浓稠到半固体的夜色，短暂时间里根本不会被稀释，所谓的“白天”在这里不驯于常规定义。并且历经一夜后，雨更大了，我把行李箱扔进车，再到对面的自助加油站加油。连宾馆的灯光也微弱时，加油站是视野中唯一明亮的，雨在它建筑出的笼统空间里仗着劲风洒成喝醉的蒲公英种子，橘黄色的种子们，急速地旋转，由黑暗撒播又由黑暗收割。我忙于苦恼加油机没法切换成英语界面，想胡乱按键盘碰运气又不敢。好容易成功，外套也湿了大半，头发沾得像宽海带，湿答答地坐进驾驶室，冒着瓢泼大雨开上了路。两侧继续没有灯，并且由于是小径，路面泥泞不堪，能够反光的路标也只在一侧有，更别提想看清路两边有什么或是什么，山，平原，冰盖，或是悬崖，什么也看不见。车灯光能够打亮的范围或许十多米，就这样十多米十多米地往前确认着，不用去管路两侧有什么，迫近的山，疯狂的平原，伺机的冰盖，或是目光温柔的悬崖。等到想从反光镜里道别入住的宾馆，它早就不见了。于是我自始至终不知道它外观到底是什么样子的。它被严丝合缝地嵌进完整的黑夜中，驮着一片无边的墨色舌头。

所以等发现这间酒店在 Booking 上搜索不到了，第一反应是“该不会它从头至尾没有存在过”。像电影里，童话故事里，科幻小说里，我掉进了时间的缝隙，到了一个不存在的地方，成为了一个不曾存在的我。

因为要回想在那之后——车一路开上了南部最气势的荒野，迟迟地，天开始亮了，亮了也是南部最常见的阴天，云层从海面上如同进军的舰队，列着决战般的阵仗，以肉眼可见的速度推进。它们那么低，低得几乎腹部已经擦在我的车顶，天和地之间留给人喘息的范围就薄成一条线，一根食指，一枚刀刃，将没有停歇的风切成了更锋利的形状，逼它生气和咆哮，它就算失去了纵向的自由，但横向的平原是无垠的，许诺了它可以在所有的灰和蓝之间加速。疾风撼得车身也有些微颤抖了，尽管音乐开得很响，但只要摇下一点窗户，就迎来完全喧宾夺主的伴奏，一首歌转眼被夺走了大部分的音符，只有不知从哪里开始发源的风声在车厢里猛烈摇晃它胜利的旗帜——说真的，那会儿我的确有极强的不真实感，电影镜头般的逃亡，既兴奋又恐惧又愉悦的逃亡，合得越来越近的天地成了两片蚌壳，一个吞咽的动作即将成功，我的手指还在方向盘上故作镇定地敲打节奏，在电影结束前谁也不知道结局怎样……

它的确像一个不曾存在的我，在一个不存在的地方。

可不管哪个自己，却继续喜欢同样一件事——拼命地逃。唯独让它们发生本质区别的是，我不再是从一场对自我的消极否定中逃跑，不再是从一次工作面临失败的趋势中逃跑，不再是从一个无法解答又非想不可的人生定义问题里逃跑，不再是从无能的爱里逃跑，从懦弱的恨里逃跑，甚至它们多半都缀着一个更明确的副词“想”逃，当敌人没有实体，一切都只在想象中虚张声势——所以让一切发生本质区别的是，真实的冰岛美得毫不真实，它的半虚与半实之间，我可以往云的尽头去，山的尽头去，天地的尽头去。天和地有了尽头。可以用目光所企及的尽头。既然是能够被看见的地方，才让人忽然明澈地知道了“我想要逃到那里去”。它是银白色，是史前，是黑色沙滩，或者是巨神似的山崖，都可以。

〔6〕

长篇小说写着写着再度没了下文，像个盲人的感觉又来了，觉得得找新的刺激源，再去看各种书，影片，或者去马路上观察别人，一个穿着长裙的女孩子，裙子有点透，稍微看得清里面的内衬短了一截，头发露出染后新生的黑色，和马路上所有人一样，让面无表情成为新的表情；或者一双趿着拖鞋的脚在自动取款机前，移动重心，左边右边，右边左边，右脚提起来在左脚后蹭蹭，猜是个中年男人，继续猜他是为了谁在办什么业务，脑海里安排他正在经历一桩东窗事发的大案……但都是自己抱着希望可以有点用但最后完全成了浪费时间的行为。我在写小说上也一样，老是没有办法处理自己的欲望，只不过它在这个领域里乖戾得更可怕，强势得更可怕，还是那个尖嗓子，指着我的电脑屏幕说“这是什么？这写的是什么？还可以更好！还可以更好！现在还远远不及格！”，而它只不断地不断地告诉我还有更好的，更完备的，一定有，可从不解决要如何才能达到。有时候觉得它完全疯了，它病入膏肓，不想让我好过，我是它唯一能够祸害到的人，所以它要堕落便一定会抓着我的脚踝。它甩着一条“可以更好可以更高可以更大可以更全”的鞭子把我头顶业已死气沉沉的空气抽得被动翻滚。而类似的情况就不是打开购票网站等信用卡刷掉一大笔钱可以解决的。

或者说我曾经以为能够用这个方式暂时解决。

真想逃。

真想逃。

真想逃。

跟人有时候聊起，也会劝慰对方“别太逼着自己，哎呀，你已经很好啦，很不错的，真的，更何况啊，到最后发现很多事真的不是靠逼着能成的，放松点反而就自己解套了呀”。对方是我读书时的好朋友，物理课代表，是我在网络上认识的头像挂着三角梅的女孩子，是在饭桌上郁郁寡欢的男同事，是在会场后台认识不久的业务小姐，一边说，我也不以为对方就会相信，“很好啊”“我觉得很好了欸”，说得彻底客套。其实没有用的。世界上很多人只要意识到有在更高的地方架设的台阶，上面有花有光环有可以瞬间充满的自信，就会为此痛苦。离得太远了，只能看见，只能明白它的存在，它的真实性，明白它会被其他人得到，但自己离得太远了，是无论如何也够不着的距离。过去的伟大哲人说，人生就是在欲望不能被满足的痛苦，和欲望得以满足后的空虚中永远摇摆的钟摆。

——为什么你做不到。

真想逃。

——可以更好。

真想逃。

——为什么你做不到。

真想逃。

——明明有更好的。

真想逃。

——为什么你做不到。

真想逃。

〔7〕

去的三次冰岛，大概加起来也有近一个月的时间，碰到过很多事，出过非常多的状况，而几乎每次都会在第一时间里冷静地握拳“我要把这件事作为素材写进小说去”，还想着“哇，真好，虽然我现在就他妈的快死在这个荒无人烟的地方了，但的确是非常难能可贵的写作素材啊！”“对了，可以放在小说的某某部分，某某段落里他们不是正好缺一个事件吗！”，当时自己就快在雪里遇难，还能照样第一时间提炼这种病态的“正能量”，好歹安全回到车里，开上了返途的路，牙齿全部发抖，袜子已经和鞋子湿得你我不分了，继续冒着念头的勤恳却依然刹车失控似的没有停，“别忘了加入类似的细节哦”，然后就把方向盘打到一边停下来，边烘暖气边打算不是滋味地哭。最后没哭出来，但心情还是颓唐了。

到哪儿也跑不掉，根本不是逃不逃的问题。

它说“还可以更好，你要做到”（我说“还可以更好，我得做到”），身心就得摘星星摘月亮地伺候，明明能力不济，有很多事没法靠刷个信用卡解决，要凭借自己的决心，说再残忍点，智力，心力，能力，去试图缩减和目标之间的距离，可用看也知道，那距离无法达成，那距离是永恒的，所以缩减和永恒之间的距离，500 米，1000 米，3000 米，50000 米，又怎样呢？既然希望不出所料地没有实现，之后便是想着“算了算了”放弃，想着“我没有办法啊”，想着“也只好如此了”，熟练地以忍耐压抑住放弃后的全部不悦，想着我不要喜欢这样的自己。喜欢不起来。

还没有融解的冰雪覆盖着路面，车一直一直在打滑。以前不知道原来车打滑是这样的感觉，方向盘不归我，由路面来决定它要往哪里打转，真是在上海几年也遇不到的状况，加上路两边堆满了两米多高的雪墙，整整齐齐地腾出一条蓝色的隧道，白的蓝的天，白的蓝的雪堆，白的蓝的路。得等到下一次来，七八月的夏天了，才明白它们融化后是米色的花，绒毛质地的，好像不是开放，更像是曾经走过一头无边的巨大野兽，它身上的毛发沿路沾满了所有绿色的草茎，也沾满了我随后故地重游时的袜管。

冰岛没有让我失望过，一丝一毫也没，同一处风景过两个月来看依然壮绝得足以窒息，而只要稍微更改点天气，晴，阴，雨，和雪，之前所有建立的概念又会彻底更新。所以哪怕是步步惊心地开着失控的车在冰雪上，给出的感叹依然是莫名亢奋的，甚至有点点，有点点骄傲。

——在冰岛开车欸！

——开过暴风雪欸！

——差点又栽进坑里欸！对，我说又了。

——我真是够拼的。

——但值得了。

——非常非常值得。

——挺好的。

——我。

洗澡时的胡思乱想一脉相承地延续到驾车途中的每分每秒，加上驾车的时长更富裕了，毕竟每天从早上七八点开到晚上七八点，而这次不用盯着十公分外的黑白瓷砖看，好歹可以眺望着雪，眺望着倾泻下的冰舌，眺望着雨，眺望着彩虹，眺望着海，海那边一直下去一直下去就是北极了，看不见，但可以继续眺望。然后断断续续地想，我真是不喜欢自己啊，但奇怪的是，我却很喜欢这份不喜欢自己的感情。越别扭越好，越无法解释越好，越矛盾越好。

因为总不见得时时都讨厌她，处处都讨厌她，平日里过得还算是自在，像个普通人一样正常奋斗正常苦恼，没事不会揪她出来批斗。再加上，毕竟一开始就设定好了最低的标准，反而能从中发现因为没有期待而惊喜的好来。就像我怎么能想到她有天就去冰岛了呢。要不是同样源于她的欲望作祟，我也不会到了冰岛吧。某天她想好了，拼一次，试试看，或许没那么难，可以实现，中间的距离不是永恒，比永恒近多了，那个岛屿再远也比永恒近多了。

偶尔能够感觉到，大概在心的某一层里，我还是留了个不愿放弃的欲望——希望能够得到自己的喜欢。

〔8〕

——努力！

——奋斗！

——不许笑哈。

〔9〕

换移动硬盘时发现旧旧旧旧旧电脑里的文件夹，好像是2003年随手写的日记，那时人生第一次买房，所以扫了眼日记天天都在叫怎么办背了那么重的债怎么还，之后多少年都不能买衣服了不能买任何东西了嗯就立这样的血誓吧，我的刀呢还有我的金盆呢？动不动"什么时候我才能支撑起这个家"，动不动"看着父母的背影落泪"，费劲地把长辈想得很可怜，把情况想得极糟糕，一个人在那里演完了大半的《孝女传》。后来我在那间买下的"山一般重的"小房间里倒是才思如泉涌了一会儿，然后又油尽灯枯地瓶颈了数年，开始换下一个阶段，寻找下一阶段的才思泉涌，同时等待下一次的油尽灯枯什么时候来。游戏里打怪似的，唯独真实人生里过一个关口的耗时可能要乘以数百倍。什么时候能得到掉落的宝器，能找到能量补充点，心里都是没谱的，先走着再说，下个村落，下片山，下一株残败的桃花。

曾经很长时间，我脑海里常常浮现城市东边的一个公园。这样的浮现是极其具体的，从通往它的那条路开始，如同建立完整梦境一样清晰地复原，什么都得到位，什么也不能缺失。那个公园我读书时常常前往，书念不下去了，背在身后的氧气筒又罢工了一般，必须急速上潜，那个公园就像是上潜后挣扎吸到的第一口空气。我习惯沿着公园漫无目的地走，认识路边挂着牌子的花，但也有很多花是不挂牌子的，一股脑地在心里笼统地称它们为小黄花或小红花，天气热起来会吃一根冷饮，可惜路边久久没发现垃圾桶，拆下的外包装抓在手里走了一路，让融化后的糖水黏得指头也分不开了。路大半时间都很干净，两畔扩张着笔直葱郁的树，也有同样快乐的游人，不多，零零星星地踏过还没扫去的落叶。而从整体上看，公园像是突然凹陷似的，在远近的高楼中间，"哗"地塌了下去，坠落在绿色和并不及想象中那么柔软的土地上。我就是这样常常地想它，在脑海中重建它，只要让脑海中出现通往园门的路，一点点开始，之后该生长出的它们自动生长出，直到全部完成，这个不断在脑海中反复的过程，我后来发现，也许起着游戏存盘点似的作用。我不会亲自到那里去，但我需要它的出现，它悬浮着一个幽蓝色的旋转的圆圈也好，一个金黄色的倒三角标记也好，一丛银白的光芒也好，总会让人有松了一口气的感觉，在那里可以肯定价值，修复错误。

只要在脑海中浮现它——也未必非得是一个公园，也可以是一条走廊，一片荒滩，哪怕是一本书，一段文字，一个人，但到最后它常常是以某个地方为单位出现，在那个地方见过的景色，读过的书，听过的音乐，遇见过和告别过的人，它们被浓缩，然后突然放出光芒，绿色的，带状，扭动的，无尽天幕中。你发现了一个新的可以储存自己的地方。

那句美好的话是谁写的，是怎么说的来着——“去想想无关紧要的事吧，去想想风”。

〔10〕

第一次去冰岛时是年初，春节那会儿。还真不是个经过长期预谋的出发。当时看申根签证放着不用有点浪费，想可以去哪儿呢，法国意大利瑞士吗，没什么方向，冲动也不大，后来看世界地图，注意到冰岛。

“不要去想白色的大象”，它就这样成了“白色的大象”。

真正开始着手准备的过程倒还算简单，尤其是一旦确认最困难的自驾问题可以顺利解决后，留给我的唯有“似乎真的要去了”的茫然感。前一个礼拜，还天天在家把盒饭吃得撒在地上，半夜遛着巴顿在街心闲逛，掸沾满了狗毛的枕套，审完一篇新的稿子，那时就会卡住动作，不太确定“还有一周就去了欸”“还有五天就去了欸”“后天我就要出发了啊？”“明天这个时候我就已经站在冰岛了么？”这句话里，“我”和“冰岛”应该是落了重音的。

想着要长进，但不太清楚要怎么长进，为自己达不到长进而愤懑的我。

寻常人一个的我。

深知自己问题所在，却压根不打算改变的我。

吃饭也不规律，睡觉也不规律，胡思乱想最规律，小说写得极慢，其他东西也没写得多快，对这个唯一的生存武器无可奈何的我。

刚和父母发生完争吵，和旧日的朋友互删了联络方式，打算和同事们出去吃个饭但最终又“忙啊忙啊”互相默默取消，走到马路对面复印完文件，找的七十几块零钱从口袋里掉出来，过五分钟后发现再沿路回去，当然没有了啦——琐事重重，全无意义的我。

和冰岛。

我那会儿尚不知道它是什么样，那会儿根本不觉得它属于这个世界。我还在徒劳地假想，忍不住让里面跑出冰筑的宫殿或者通天的楼梯，许多神话和传说在其中互相涉猎。

后来当然知道了它真正长什么样，和想象非常不同，可绝不失望。

〔11〕

车又开到了无人区。北部比起南部人烟稀少得多。从早上九点开始到十二点了，一路上我只遇到了马群。车窗左边映着海，一侧有群山，之前看地图，那片山是没有被开发过的，无人至。

好天气，天空让人重新认识蓝色。牧草们结成垛子，在温风里起着匀速的涟漪。马群散开了，有一匹笃笃笃地走到我前方的路上，我停了车，它依然不动，定定地立在那里。马长长的睫毛，眼睛湿润，黑色的冰岛种的马。有时候在雨天，它们照样定定地站在雨里，身上落满水珠，身下的草原浮出白茫茫的雾气。

一生二，二生三，三生万物吧。

我果然还是会继续努力地活，就算这份努力在过往的标准里一直被判断成收效甚微，它太常和事倍功半连在一起了，看起来气喘吁吁，狼狈踉跄，决计不好看的姿势。但我还是会继续这样。因为这才是可以安心的。不管功如何，先把事情做到翻倍。固然讨不来任何欢心，更谈不上会让那个始终无法喜欢自己的决定发生动摇，可这才是我了，一切已经习惯，习惯让我踏实。

做不到的事情始终做不到的——有时候看书，看电影，看周围人身上的事，有些会把它们挑选出来，贴上“人生无望”的标签，组成一个系列，在墙上码成长长的阵列，“人生无望”系列，意思是像他们那个程度，那样的对美的判断，那样的精神力，那样的运气那样的生活方向，我穷极一生也达不到的——但这句话对我来说毫不消极，就像黑色是黑色，白色是白色一样，单纯的陈述句。很多事情我做不到，然后？没有然后，所以？也没有所以。我弱点很多，缺点不少，我很多地方受自己所限，是很一目了然的，但我依然愿自己好。

愿她好。不是欲望了，不再是焦躁地急迫地失魂落魄地想从身体里多伸出几只手去完成的那样的欲望。

愿她经受平常的事情，也能经受不平常的事情，完成今天的任务，再完成明天的任务，一点点来，先做能够做的事情。毕竟说到能做的，把整个世界减去不能做的，剩下的都是。

多得数不过来。

走新鲜的路，看新鲜的风景，或者走旧日的路，看旧日的风景，愿她好。

普通地开心一下，普通地难过一下，普通地振奋起来，普通地消沉，都愿她好。

飞机的窗户外一颗从云层中被吐出的小小小小的蛋黄，下一秒晕开了整片天空，是得以亲眼目击的魔术，才回过神来那是日出。

愿自己好。

这就行了。

法国谚语说，“‘更好’是‘好’的敌人”，真是动人的话。

所以先保持此刻的“好”，就行了。

不去想那些“更”“进步”“做不到”“得不到”的东西。

马在车前站了大约两三分钟，又悠悠地收着蹄子踱走了，它将路让给了我。

前面是起伏的鸽背状的上坡，下坡，远处某个山顶的雪融得极有规律，黑白渐次，宛如一副琴键，可巨大天地间继续悄无声息，毫无声息。

〔12〕

你是冰川，是疾风，是瘫软在山谷中的云。你是通往北极的海，是海上卷起的泡沫，是泡沫中诞生的神。你是草原上的花，是花下的草原，是人类还在追求今生来世时，一块岩石与另一块岩石定下的死生契阔。你是迟迟不褪的黑夜，是久久逗留的天明。是安静风暴中的冰冷燃烧。你是日，月，星，辰。是上帝的有意为之，在那个地方所有事物都可以被祝愿。

“当我对世事厌倦的时候，我就会想到你。想到你在世界的某个地方生活着、存在着，我就愿意忍受一切。

你的存在对我很重要。”

π

CHAPTER 02

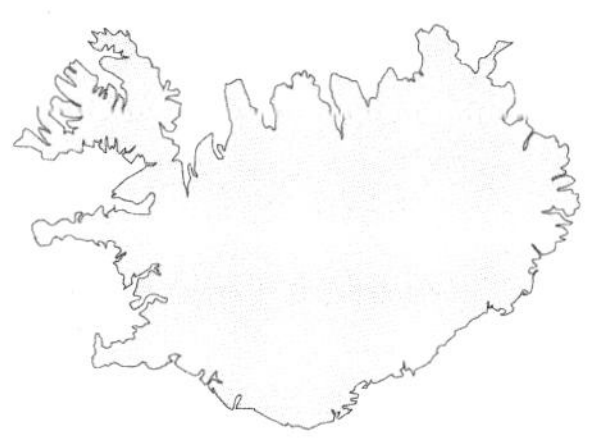

〔1〕

狗把脑袋挤了过来，然后嘴缘压在我的膝盖上，让我从电脑前转过来看它，它眼瞳很大，乌黑的两枚，四季皆湿润。它就这样仰脸看我，尾巴摇一摇，摇一摇。我最近开始不去认真地想它到底几岁了这件事，因为每次计算，总是个不断递增的数字，这个比赛有点徒劳，“总之，都在老去就对了”。更何况与人相比，它以七比一甚至八比一的速度在走向终点，日升到日落，已是一周的时间从它身上取走了，上海的冬天里，一颗来不及完成的雪珠从云端遗憾地融进水泥地，或者沾湿了一条空调外接管，人间一天的雪却在它的鼻尖上下了七天。我知道这个想法不算正确，但总是走神，以为时间到了它那里就被扯住了，挂上一个不知疲倦的轴，嗖嗖地开始加速。

那天回父母家，顺便把狗送去，一开始的说法还是很平常的“送过来一起度周末”。吃完晚饭，大家坐在沙发上看电视，综艺节目，是比赛唱歌的还是比赛跳舞的，不记得了，我第一回鼓起勇气，然后第二回，第三回才转过来跟父母说：“我后天要出去。”他们问：“去哪儿啊，去干吗？”我说：“去玩。”他们又问：“去哪儿呢？”我脸其实有点不自觉地紧张：“去冰岛。”他们果然叫起来了：“啊？什么？冰岛？”我点头：“对，自驾游去。”母亲脸色瞬间垮下来，手里一块剥下的橘子皮带着气地在果盘里砸出点声音，因此口吻也顺理成章是有点怒意的：“你这小孩，搞什么嘛。你胆子也太大了吧。”父亲没有那么情绪化，一项项询问我，签证呢，住宿呢，语言行不行，车是什么车，那边天气怎么样。其间狗从客厅一侧爬起来，钻到我身边，跳上沙发后非把自己挤进来，我一边揉它的脸，或者捏捏它有点不成比例的小耳朵，一边回答“都好了都查好了都安排好了”。

后来回自己家去收拾行李箱，放进三脚架前要先摘掉粘在它底部的白色狗毛，放进化妆包前要先摘掉粘在它拉链上的白色狗毛，放进换洗衣物时不小心掉在地上，这下就糟糕了，灰色袜子捡起来后就像收到了满满的留言，纤毫毕现：“你要去哪儿呀，你要去哪儿呀，你为什么不带我去，我也想去哒！好吧就算去不了但你要早点回来！你早点回来呀。”

是有点怕的。怕回不来。恐惧源于未知。对冰岛我一无所知。连电影《普罗米修斯》也是等回来后才因为听说里面在冰岛取景才找来看的。看开头里，飞碟落在灰黑色的滂沱的瀑布上，“普罗米修斯”似的外星“工程师”把自己的基因从那里注入整个地球。

抵达前经历两次转机——想到转机还有另一个意思，似乎一句原本耗时耗力的话又变得可爱了起来，那就重新再说一次，抵达前经历两次转机——飞到赫尔辛基后先在宾馆附近住了一夜，一大早五点拖着行李箱半推半滑地赶去机场，从赫尔辛基接着飞往奥斯陆，在奥斯陆等待五个半小时才能最终飞往冰岛。真开始了后觉得母亲说得也没错，我果然无知者无畏，非要把行程布置得这么坎坷。从出发前就没怎么睡着，整个人早已木木的，脸上干着一层又一层连天打完的哈欠。机场窗外始终下着大雪，两辆除雪车在楼前转啊转，衣着鲜亮的工作人员偶尔出场，是连天的灰白色里视线能够唯一找到的落脚点。我拿出电脑在上面写写长篇小说，也许写了五百个字，也许三千，因为离起飞时间太早，自己的航班被分配到哪个登机口都不知道，时不时赶到指示牌去看有着落了没。随便找了个地方坐，然后看一批乘客来了，把附近坐满，又排成队伍一点点消失，四周恢复成寂静的空旷。过一会儿，再来了一批人，与先前的那批几乎如出一辙，依偎在一起打瞌睡的情侣，连翘起的头发都相似，小孩从父亲臂弯里跑出，一条被勒在腹部的皮带，好像是阻拦着什么似的让宿主的中年人半仰在椅背上，所有人都和前一批登机的保持一致，但却没有任何一个个体是真正相似的。小孩子们喜欢扒着玻璃看窗外，一场灰色世界里下雪的演出，飞机来了，忙忙碌碌的机器升降着，然后它又掉个头走，轮胎碾过的路面很快又被积雪彻底淹没了。

等到总算看见了自己的航班号与登机口信息，换个地方继续木木地坐，眼睛得揉才睁得开，电脑屏幕上，要是我写的字正在悄悄自行生长就好了。

窗玻璃外是更大的雪。

摆渡车将所有人载向停机坪上的飞机，乘客不算多，英语之外还能听见法语，以及我根据他们的装备判断是德国人，还有日本人，韩国人，和来自香港的同胞。我穿得不够保暖，长袖T恤外裹了一件橘红大衣而已，好在看附近的其他乘客还有光着腿的，但寒冷还是极其鲜明的体感，摆渡车没有空调，车往前行，路过一处航站楼的栈桥，有工作人员正在上面扫雪，哗啦啦地一盆迎击下来，腾起舞台化的白烟。

1月不是冰岛的旅游旺季，而是标准的大淡季，之前查资料时就曾看到过，一旦进入11月，整个岛屿便宛如冬眠，许多旅游景点会因为道路封闭而无法抵达，更多交通设施会中断，大量旅舍停止营业，为了储存能量而节约一切可以节约的活动，沉沉睡去的一座岛。

但冬季才可能看见极光。

而且“人烟稀少”对我来说压根不是一种阻止而恰恰相反，是最强烈的吸引。

〔2〕

最近我的口头禅是“不会好了”。感觉接什么都可以，听见一件事，笑笑“不会好了”；想到自己，总结以“不会好了”。被省略的主语是由点及线，由线及面的，“（我是）不会好了”“（你也）不会好了”“（都）不会好了”“（社会）不会好了”，最后干脆一盆污水泼得更远“（世界）不会好了”“（人类）不会好了”。阿西莫夫所写的短篇小说里，无限扩张无限扩张的人最终占领了所有可以占领的地方，获得了所有可以获得的资源，但他们也依然会迎来全部灭亡的一天，没有人类，也没有银河，只有与整个宇宙同为一体的智能机器，它无处不在，思索着问题，它在黑暗中想“要有光”，“于是就有了光——”。结局如此美好而震撼，人这个族群都没有了，以至于连人这个概念也不存在了，宇宙是从最后照向最初的一束光而已。经常开玩笑地跟朋友说，我之后要写书的话，就起名“不会好了”，多有意思，简直听得见所有罐子被彻底砸碎的声音，地上一片痛苦却美丽的疮疤，过一会儿又跟她说“然后写本续集叫‘就没好过’”。自嘲的次数越多，神情越是当了真似的苦楚起来，非要再接以释怀或无奈的一笑——由此整个过程又验证了“这人真的不会好了”。

——就没好过。

金庸怎么写的？“黄蓉微微一笑，道：‘从前爹爹教我念了许多词，都是甚么愁啦、恨啦。我只道他念着我那去世了的妈妈，因此尽爱念这些话。今日才知在这世上，欢喜快活原只一忽儿时光，愁苦烦恼才当真是一辈子的事。’”

所以没关系啊，完全没关系，我知道了，不好，过去现在未来，都是这种状态，既然它会一直在那里，绝不变化，简直成为了保证日常运行的最可靠的恒定系数，它说“放心吧”，它替我保证了一生的基调。温度不会有丝毫波动，牢靠地许诺火苗的焰心，让大脑血管和心被始终如一的力量牵引。

我会始终如一地喜欢自己所喜欢的事物。始终如一地惧怕自己所惧怕的事物。始终如一地向往自己所向往的事物，规避我想要规避的事物。好比，我喜欢人少的地方。真喜欢。我本质上抵触一切需要与他人打的交道，因而“人迹罕至”四个字即意味着天堂，天堂里长着丰沛的草，和盛大完整的孤独，它悬在低低的树枝上。我格外地喜欢“孤独”这个词语。常规社会里很容易被定义成“这样不好”的状态，偏偏紧抓着不打算放手。

〔3〕

并不是说兴趣爱好自始至终不发生变化。两回事。三年前看的书从隔层里不小心掉出，意识到曾经被打动的部分不复存在，恢复硬盘时顺带听了听五年前的音乐，能想起来贯穿它的年月但再也不会借由音乐的烘托心有戚戚。喜欢的东西很容易就用尽了它们的能量，两节丅电池，能够送小飞机往前飞五百米，三千米，擦过一片薰衣草，掠过洋槐的树梢，眺望过燕子的窝巢，但接下来它职责已尽，换新的书，新的音乐，新的影视题材，新的人来将你托进风。于是，在选择哪本新的书，哪一首新的音乐，哪种故事可以几乎残忍地击中自己，什么样的人是犹如命门般的存在时，会明白果然还是没有变化的，从本质上可以感染自己的部分自始至终不会变化。

那年《地心引力》上映时，我去了上海三家不同的IMAX影院，然后一共看了四遍，是这几年在电影院里反复观摩次数最多的电影。

第一遍看的时候头昏目眩，人随着剧情被抛入无边黑暗，但不觉得恐慌，只是在 3D 眼镜后面任由影视工业的技术碾压，头重脚轻，呼吸急促。接着当乔治·克鲁尼牵着桑德拉·布洛克在太空中朝下一个空间站缓慢地移动时，太阳在 IMAX 巨幕的一侧照耀，黑暗在 IMAX 巨幕的另一侧释放出蛇一般游走的极光，太空中没有声音，角色们在头罩下说话时带出起伏的呼吸声。两个小小的人穿着白色的太空服，小小地飘浮在太空之中。

这辈子最大的梦想一直是倘若可以真的进入太空看一眼，一眼就好。也明白它几乎难以实现，但不会去熄灭它，不会去否决“绝对不可能”，让它一直存在着，它的存在也是我人生恒定的构成。既然从来觉得自己很渺小，自己的事情对这个宇宙来说都毫不重要，那么终极的方向，终极的喜悦就是可以亲眼见证这样的“渺小”吧，不再是假想也不再是某种心情的映射，而是可以最直观地去看一看，蓝色的弧线，和弧线上最靠近永远的那个宇宙。

地球。内太阳系。太阳圈。太阳系。本星际云。本地泡。古尔德带。猎户臂。银河系。银河系次集团。本星系群。室女座超星系团。双鱼－鲸鱼座超星系团复合体。可观测宇宙。 宇宙。

上下四方曰“宇”，古往今来曰“宙”。

第四次是和朋友相约，她也喜爱这个电影，我们说那就再看一遍去，走走走，两人在进电影院前还仿佛鼓起了勇气似的互相交流了一番，毕竟这部电影和“主角好帅！”没什么关系，能够说出的话会让人觉得羞赧，于是到最后也无非草草表达了一下“美到极致”“太美了”“因为它关于太空关于宇宙嘛”“对对”，开场前十分钟检票，两个人步入影院，灯光熄灭时我想起来，其实还有别的原因的，中了邪似的反复看这部电影的原因。故事开始没多久变故即发生，桑德拉·布洛克被抛进太空，她挣扎着求救，在乔治·克鲁尼的帮助下两人寻找之后的“落脚点”，接着乔治·克鲁尼将唯一的生存希望留给了她，割断了成为障碍的绳索，只剩桑德拉·布洛克一个人了，往后四分之三的时间几乎都只有她一个人，竭尽所能要从无边的宇宙中幸存下来。这部电影整体算不得“一致好评”，也有很多人表示无趣，多半集中在“欠缺剧情”“整部电影就是一个人在那里从头演到脚”“困”之类……查完评价后觉得很有趣，“原来会有那么多人觉得无聊啊”，于是我的喜好和其他人的喜好便分成两条河，各自向前流淌，中间隔着红色黄色的小房子，隔着及膝的草，互不影响而各自执着。在影院里，从头至尾我总按捺不住地想说“见鬼”，完全褒义的“见鬼”，看第二遍第三遍第四遍也依然如旧，冷冷的电流不做预告便从身体里蹿出，激起手背上的鸡皮疙瘩。宇宙里的一个人，孤独的状态伴随深不可测的未知下所有可能与危险，被可以目击的画面逐帧逐帧地渲染，令那个十分常见但很容易沦为做作的词语得以成真——看，某一种终极的孤独，而它是多么多么地美。

〔4〕

飞机降落在冰岛首都雷克雅未克的机场前——我想我会一直记住当时的场景，下面是阴天，应该有雨，灰蓝色的云在横轴和纵轴上连绵地分布，飞机带一点颠簸，朝似乎异常湿漉漉的地面降落下去。我满脑子仍是略微颤抖地想着“到冰岛了”“到了欸”，漫长旅途中的疲倦都烟消云散。从空中俯瞰不知哪一段的海岸线，是黑褐色的湿润的土地，与墨绿色的海织起一条白色的浪花，土地是平坦的，偶尔被飘来的云草草擦拭过，用颜色就能表现出湿软的技巧，一直在阴雨中传承，同时其中分布着斑驳的白色，展示哪里还残留着积雪。极目之处，都是这样平坦的荒野，湿润的荒野，雨是淡绿色的，海是淡绿色的也是深蓝色的，云软得带一点点温柔的阻力，随后飞机忽然触到了地面，翅膀在冰岛的风里劈开雨线，终于停了下来。

我走出机门，跟随其他人一起，下了舷梯，然后走到了就位于面前的航站楼里。

肯定有用力地吸了口气的。

待随后取完行李，走到机场里设置的租车柜台，听了一堆注意事项，接了钥匙，机场外天色已经完全黑了，在停车场找到自己的车，灰色的SUV，然后大概坐在车里四十分钟都没发动，紧张地先研究学习，所有按钮，读完挂在副驾驶座上的全部驾车注意事项。在那之前光是怎么开后车箱盖放行李，就让我抓耳挠腮了半晌。直到车胆战心惊地上路了，我好像与它默契地合二为一。车灯射出的两道光线就是我慌张的眼神，断断续续的雨线愈加密集地编织，让冬日短暂的光照彻底被隔绝在它的大网之后了，前方是首都雷克雅未克的灯火，更远的地方浮着幽蓝色的连绵的山。

后来两次去冰岛，必不可少的是带上灌满了音乐的MP3，连接在车内的USB接口上，从早晨到夜晚，只要在路上，音乐便不能停止。有时候把车停到一边，看风景发呆，下车四处走走，前面有很大一个湖泊，如同巨大的碧绿色眼睛，从群山中向天宇凝视，那会儿走得远了点，竖起耳朵还是能听见没有熄火的车里，传来音乐的声音，因为四周太过宁静，它对距离的抗体变强了，在空气里接力着，将风景奏成了新的意境，让所有的凝视带上了感情色彩。到后来我快要说不上来所谓的旅行是不是特指开车，一路从早到晚，喜欢可以如此全神贯注地开着车过四季般的景色，喜欢在音乐里全速地前进，音乐是帮助人记忆的最佳辅助品，远远超过照片。结果第三次出征时，带着新换上的满满的MP3到了冰岛，第一天提车开往宾馆时疲于舟车劳顿没有测试，等第二天天明，已经远离了租车点，在市中心即将正式出行了，发现这次领到的白色SUV居然坏了USB接口，MP3无法辨认。当时心情简直不能更糟，堪比背后一闷棍迎面一板砖，我虚拟着一连串的捶胸顿足，控诉SUV小白居然摆我一道，信不信我开着它去撞墙血债血偿，转念又不满工作人员严重失职，赔钱赔钱赔钱！最后的结论则是老规矩落到我真是倒霉透顶，释永信大师估计都开不了光的霉运缠身。坐在车厢里垂头丧气了良久，光是想想之后十天都要跟聋子似的，干巴巴从早开车到晚上，一下子对整个行程都失去了大部分兴趣。逼不得以动用一切脑细胞，我在车里爬进爬出，翻出所有随身携带的电子产品，所有的USB接线，所有的读卡器，大脑使出了如同坐在高考座位上的吃奶力气，高速旋转得几乎冒了烟，所有的可能都被尝试过，包括类似戴着耳机播放MP3开车（担心出车祸作罢），包括用笔记本电脑播放音乐（嫌电脑音效太小太差），最后“世上无难事，只怕有心人，还是个金牛座”，我用安全带将笔记本电脑绑在了后座上，MP3插入电脑，以汽车的蓝牙连接电脑，才让车载音箱和插在笔记本上的MP3得以联手——真是步步为营好大一盘棋！以及我果然病得不轻！

托笔记本电脑电池功率异常强大的福——它居然真的做到了连续播放近十一个小时，我好歹从最初的一蹶不振里回了魂，重抖精神开始旅程。有时候经过路况不佳的捷径，整个车身在坑坑洼洼的路面上抽筋似的跳跃不停，那时扭头看后排，被绑在座椅上的电脑倒像个很沉默寡言而尽忠职守的朋友，毫无怨言地陪伴着难伺候的我。

但有了音乐真的不一样，我始终认为人类是地球进化中的BUG，可人类创造的音乐使得这个BUG终于有了一点点正面意义。论材质它或许更接近灵魂，并高度贴合地与所有艺术门类保持融会贯通，音乐也有浓墨重彩，有起承转合，并且它不像文字需要我们大脑的二次翻译，也和图像不同，音乐完全依赖人类的创造。但尽管人类创造所有的音乐，却始终无法真正地驾驭它，反而被自己释放出的神秘力量一再地反制，任由它直接和精神世界轻松共鸣，从来都不设防备也无力防备。很多场景里，再逞强的防线，也只是还没有遭遇到那首曲子而已，它轻松绕过我们的层层铠甲，犹如来自另一个次元的打击，知道我们的喜怒哀乐都藏在什么地方，用什么做前奏用什么做高潮可以准确无误地将它们捕获，它百试不爽，与此同时我们自己也对这份毫无保留的屈从甘之如饴。

哪怕回到家后，我还会将之前MP3里的播放列表重新整理一份，接着某天里只要随便挑出一首，按下“PLAY”键，就能瞬间回到那个当下，是从宾馆的第一夜走出，在凌晨六点就急不可耐地上了车；还是为了赶在天光熄灭前，只为能多看一眼的冰湖而疾驰在黑稠的雨中；又或者独自穿过长长的，狭窄昏暗足以让人战栗的雪隧；还是守在彻底空寂的野外，四周终于没有一点光了，却由整个银河开始在头顶发亮——只要有当时的音乐，它就能帮助我原封不动地复制，从时间，地点，到人物，景色，近处的，远处的，头顶宇宙的，它全部装载。它大概修得了世界上最了不起的压缩技术，短短一首三分钟的时长，可以不断地被延伸被演绎，最后终于盛得下一整个世界的孤寂和满足了，结束的休止符在头顶以流星打了个暗号。

大部分时候，越是空旷无人，我越会在封闭的车厢里把音乐放得大声，好似战斗的号角，鼓舞自己去冲锋陷阵。说明内心有一块也是惧怕的，但这份惧怕则加剧了兴奋，调动身体每个细胞瑟瑟地挤在一起，让记忆被巨细靡遗地强化。终于有一天，我把音乐开得再大声也无济于事了。原计划从东部的艾吉斯塔迪市前往北部重镇阿克雷里，但1月的冰岛东北暴风雪肆虐，我在前一晚的宾馆几乎每隔一个小时就起来看下手机，检查呈现红色封闭的1号公路有没有可能开通，到第二天一早这条主干道仍是长长的红色，宣告我第一次的环岛计划很可能流产，等待实在心焦，刚过六点我便离开住所，将车泊在附近的超市门前，蜷缩着补眠，随时检查路况，依然是毫无起色的红色，并且所有通往阿克雷里的其他小路全都处于半关闭状态，在车里熬了两个多小时后，我不愿死心，将车缓缓朝最近一条被封闭的道路驶去，希望可以等到一线生机。

播放的歌是很欢乐的歌唱，是刻意找出来的，之前放过悲伤的曲子，但听了一会儿觉得不行，驾驶座上的我会害怕。

出了镇子，路上的积雪开始越来越厚，两侧是茫茫的起伏的白，几乎看不出山丘的轮廓，因为吹来了不知为何物的白色的烟或纱。继续往前，雪愈加厚，随之路面上连车行过的痕迹也没有了，是一条几乎完整的崭新的雪道，我环顾四周，只能看见稍近的地方有一间覆着厚厚白雪的小屋，此外就是充斥了一切的雪，还是雪，永远是雪。再往前，情况更糟，雪让一切都失去可以观测衡量的标志，它彻底摧毁了我对远近，对前后，对上下的概念，两眼睁得精疲力竭也无法判断自己的位置。轮胎在地面上努力朝前滚动，雪碾成冰后，咯吱咯吱作响的触感一直传递到整个车身。到了某个小小起伏的坡顶，我将车停了下来，更准确地说，是被挡了下来——前方露出一整片既灰且黄的白色，均匀填满了空气，没有起源也没有尽头，怎样也看不清，后面是有什么，目光所及之处都是它的领地，都是它的结界。我不知道自己所看着的它究竟是云，是雾，还是一场正酣的风暴，或者一个异次元的通道，中心矗立着一棵垂死的树，只知道它正异常安静地等待着我，像世上所有陷阱那样地安静等待，提供了一切可以幻想和恐慌的可能。我努力镇定自己，在女歌手的快歌热唱中抉择是不是要掉头折返。这僵持延续了半个小时，那半个小时里，周遭的情况没有任何变化，无人来，无车往，蔽天的白色缜密如常，没有露出半点破绽，又或许屏息才能够看出它呼吸的节奏，仅仅是我和我的车，车里的音乐一首接着一首往下跳，忽然她唱女孩们举起手，忽然她唱彩虹，忽然她唱 HIGH FIVE，哗啦啦的掌声在背景里，很奇怪的是，音乐愈大声，歌手唱得愈欢畅，愈能察觉外界是一片骇人的无声。我自己发不出声响，唯有借助填塞在车厢里的歌声，让它来壮胆，它如同车的血液，往我的心脏中流入，推动肢体得以继续运作。

第一次的冰岛行，最终还是因为道路封闭没能完成环岛，从西向东开了半圈，再从东向西差不多原路回来。

后来在家里，当播放列表里跳到了那位女歌手的歌，论类型果真是应该在舞厅里或者演唱会上压轴出现的曲调，但它于我而言，就是一长段的不安和亢奋，是因为假想不断叠加而在最后彻底失控的惊惧，是一次值得铭记的败北，并且这败北对我而言象征着满足，矛盾重重。我想我会永远记住它，那个时刻和画面，在我的记忆里，那绝不是什么孤身抵抗世界似的英雄气概，恰恰相反，是被完全不能丈量的差距轻描淡写地碾压时近似喜悦的臣服。

最早的时候，人是为什么会崇拜太阳，崇拜天地，崇拜深不可测的星空，崇拜海，崇拜群山峻岭间的肃穆，崇拜风，崇拜时间的呢。因为征服不了。将它们视为了神，而我们永远是渺小的寡不敌众的凡人。

〔5〕

忽而觉得自己的悲喜、愁苦，自己的挫折与胜利都如草芥尘埃，微不足道，它们都是被自己无端夸大的拙劣戏剧，羞于在此时提起，在此地提起。

又忽而这些所有的悲喜、愁苦、挫折与胜利下起伏不定的自卑和自傲，它们借由这无边界的景色演绎得更加无法无天，甚至擅自升华。

我们就是要以自己灵魂的碎片去敬天地，敬日月，敬古今，为这份不自量力而讪讪的同时，却也深知因为那就是我们的局限了。

〔6〕

比起第三次，前两次的经历总是更记忆犹新点。想想大概或许有个特别肤浅的理由，因为我是个南方人嘛，小时候，天上掉的雪珠和雨水就算是以一对九的比率落下，也会欣喜地跑出家门去喊下雪啦下雪啦，可见我之肤浅，之可怜，之刘姥姥。因而冰岛那浑然天地的雪必定能不费吹灰之力地征服我，更何况，和它组合在一起的就是万籁俱寂的无人之境，不像第三次，7月底去的，冰岛进入了它的旅游旺季，每条路都开始热闹了起来，过去我曾经连开几个小时也遇不到一辆车的公路上，出现了长长的出游车队，用川流不息来形容都不算夸张，再偏僻的地方也时不时有卷着滚滚沙尘的车辆呼啸开过，曾经门可罗雀的超市现在停车场爆满，或者一度关闭的休息站现在里面塞满了一家三口们。夏季的冰岛确实是更适合旅游的，没有封闭的道路了，几乎哪儿都能去，气温异常舒适，十三四摄氏度的阳光直射下，穿短袖的人自然比比皆是。我却偏偏因为有了比较——一切都因为有了比较，后来朋友们问起，我总会推荐“还是觉得冬天去比较好，至少我更喜欢吧”，当然会遇到很多困难，大大小小的计划都可能夭折，相对来说天气严酷很多（但不会像想象中那样冷得无法生存，冰岛的冬天也无非零下八度十度而已），尤其北部的山间一直下着暴雪，但冬天里，的的确确地人少了很多，有最完美的极致的舞台，让你独享自己的渺小和孤寂，一尘不染的舞台。我喜欢这种状态，与这种状态有关的所有景色，与这种状态有关的所有画面，描写它的影片，描写它的音乐，描写它的所有事物。以及贪恋着它，不愿离开的自己。我犹如命中注定似的要喜欢它，让它来影响我的绝大部分人生选择，它便常常犹如最大的死穴和最利的武器，带来外人看来极糟的，和我自己看来极好的人生，同时身兼矛和盾两职，却愿意统一在我的两手上。

像那部电影，如果可以，愿意每天去电影院看一遍，当然一定要看IMAX，否则感觉不了，想反复看看名为“孤独”的东西，看它从原本相对无形空洞的情绪，转为直接倾入知觉的具体，耳朵，眼睛，鼻子，和身体皮肤，又释放得美轮美奂。

谁要人多啊，没人才好啊，这话完全不是在嘴硬地逞强，与人打交道真麻烦，哪怕连朋友在内，有时也需要暂别，“他人即地狱”这话可大可小，但本意不会发生改变。我知道有许许多多人，再怎么善于交际，表现得风趣幽默，表现得大度识体，表现得友善温暖，表现得他必然有许许多多朋友，他应该被簇拥来去且乐在其中，但与此成正比的是，他需要同样的时间，必须独处，他对独自一人的状态需求是如此急迫，与外界的交往是一次长长的深潜，氧气逐渐耗尽，就快耗尽，警告装置开始转成黄灯，黄灯转成红灯。

既不是毛病，也不是缺陷，更不必也不想去纠正，只是万万千千普通人中的一种人，但我相信这种人同样有万万千千。喜欢一个人待着就让我们一个人待着呗。人际的网逃不掉一世总能逃掉一时吧。况且这没准是源自我们的自私，很多东西不打算跟人分享，一旦无法由自己全权做主，遭到侵犯的压抑感便出奇地强烈。“别过来”“别跟我说话”“别靠近”“别来打扰”“我什么也不想跟你讨论，也没有任何话想聊”。笑眯眯的笑眯眯的脸上，和一颗即将耗尽的心脏。

我们人类就是那么可怜巴巴地非要结成一个“社会”，在里面饱受他人的牵扯和外界的影响，时而骄傲时而放肆时而低落时而愚蠢至极地去表现去争取，就是为了“让别人满意”，一个圈子完整了，另一个圈子溃散，在这个圈子里做高大的人物，在另一个圈子里放声嘲笑。

“从此以后，我们告别了人群，选择了独处之路，因为安全属于独处的人”。在人群中既圆滑又积极的自己，总需要下台的片刻，后台空空荡荡，没有人需要你带来一场精彩的演出，没有人期望你赋予他们喜悦，没有人等待你回答他们抛出的问题，没有人手里拿着器具试图丈量你的能力和技术，没有人需要你成为他们想象中的人。“他们说你……”“他们认为你……”“他们觉得你还是……”“他们建议你……”“你果然……”“你不如……”“你怎么会……”

谁呀?

〔7〕

到后来我虽然不会拒绝和朋友和家人出行，但还是会努力争取自己一个人往外走，在纽约快被零下十三摄氏度的气温冻死，去赫尔辛基最著名的“芬兰浴”公共浴室洗澡，也是大冬天，一楼花坛边坐满了热得受不了出来透气的光膀子的男客人，在慕尼黑连喝了三大杯啤酒，一个人脸红得要命，盘腿在树下躲避太阳……类似种种，全都不希望任何人来参与。谁也不行。他也不行。

必须主动地去追求，一个人疲惫，一个人去害怕，一个人偷偷地喜悦起来，如果用不到一个人“偷偷地幸福”这种程度的说法，那就一个人偷偷地不痛苦，一个人迷惘，一个人做决定——因为准备不充分，没有墨镜的我在雪地里走了一个多小时，大概真的要瞎了，视野里起伏着银灰色的网状斑点，看到哪儿洒到哪儿，眼睛痛得不行，到最后不能再看雪地，只能抬头望向天，蓝色的天，看着天走，整个 Krafla 火山山头依然只有我。

当入夏后，再次回访 Krafla 火山，白色的山已经变成了黄褐色，来来往往的车载着一批又一批游客，每个人都很开心而满足的样子。

今人不见古时月，今月曾经照古人。

〔8〕

忘了是谁说的：“其实人和树是一样的，它越是向往高处温暖而光明的阳光，它的根就越要伸向黑暗而潮湿的土地。”

是养分，是能量的来源。

〔9〕

物理学家告诉大众，就算换了一个又一个一个又一个宇宙，但只要对圆的定义不变，那么作为圆周率的 π 的数值也一定不会变，3.14159265358979323846……。无论哪个宇宙都一样。

好像有了一点点安心感，我们世界中的泡沫，自行车的外廓，倒牛奶时溅起白色王冠中心的奶滴，在无论哪个宇宙，至少所有的圆都长得一样了。

假如我们每个人也有一个恒定不变的“常数”，它向自己许诺了某一种永远，永远不会变的——人生在走完一圈后获得的周长和越过人心的直径之比，永远是一个固定数字，与生俱来，不受任何客观存在的影响而改变。它像对每个宇宙都保证了圆的形状一样，保证了我们自己，一生矛盾，一生不满，一生乐观或一生悲观，一生对成功的追逐不懈，一生的出世之需，一生执迷孤独。

68 Geysir
16 Þingvellir

vík 34

清澈的谎

CHAPTER 03

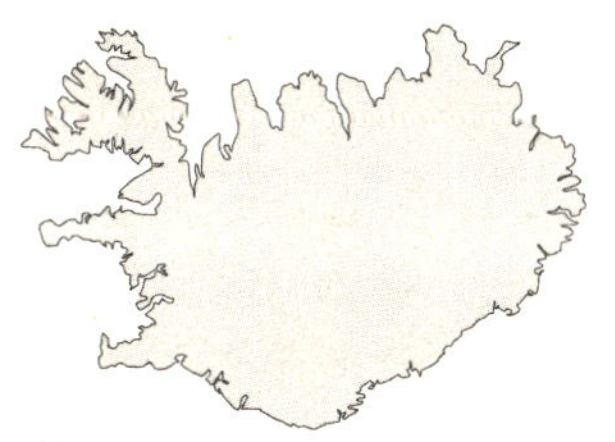

〔1〕

大致是这样的，第一次，环岛失败，逆时针从西南部的首都雷克雅未克开车到东部的艾吉斯塔迪市，再顺时针原路返回；第二次，想着无论如何得完成环岛啊，只不过改成了顺时针走，以环绕整个冰岛的1号公路为基准，最后终于平安地完成了；第三次，依然是顺时针，这次的目标是将之前没有开过的辅路尽量走一遍，最西端，最北端，最东北端，都要去，都得站一会儿，坐一会儿，朝地球尽头看一眼才行，也都圆满地实现了。1月和3月去时都非常好运地看见了极光，还是连续两天看到它。尤其是3月时，在通往达尔维克的湖边，遇到了极光大爆发，整个湖面被点亮成绿色。那时我就觉得自己也能是个好运的人。我只在旅行过程里时常能遇到这种好运，当然没准完全是自己的误解，但愿意一直怀抱这种误解。

在上海不怎么开车，主要停车太难，如果遇上高峰时的堵塞，光是踩刹车脚脖子就会抽筋，还得时刻测量加塞进来的车会否发生碰撞，一路做着最不拿手的数学题，回家的路即便在20公里的时速中照样开得精疲力竭，太麻烦了。可我原本挺喜欢开车的。学车已经是七年前的事了，每到周末就得起得大早，在隆冬的夜色里下楼，教练车停在门前，它还热乎乎的，像捂在手里的一个热包子。

穿越差不多一个上海市去学开车，在或圆形或直线的路上加速、减速、掉头、靠边。当然还有练很久的倒桩。就这样一直到天黑，路灯亮起来，墙外传来土方车们隆隆的过场，差不多一日尽了，假如要我从科学的角度来阐述到底什么是挡位，我还是说不出，但至少让车子动了起来，觉得它是活的，那会儿有些明白为什么很多人爱车，并常常说车让自己原先的生活圈几百倍地扩大了，但也只是“有些明白”的程度而已。

冬天夜色降得早，离开时常常要自己坐电车回家，寒冬里大家挤得紧紧的，闻到附近的肩头上，有点香的味道，不那么香的味道，暮光在车厢里布景，它连配乐也藏好了，令嘴边无意识地哼最近播放频繁的广告歌。电车走走停停，把距离和时间默不作声地搞混，让它从路途成了日子。

我到现在还是会时常发呆，从手边正在延续的事情里出来走一会儿神：爬得很高，站在窗台上撣一只靠枕时停下来；夜深人静时盯着办公室外婆娑的树影；坐车时，车厢里多是上了年纪的爷爷奶奶，奶奶们爱穿黑色的系带布鞋或系带塑料鞋，坐下后露出袜子，袜子很干净，束着皮肤松弛的脚踝。那些当下我总会出神，好似被什么突然从水里捞出，得以看一看平日里几乎完全忽视了的“日子”，它在我生命中是怎样地过，我的生命是在其中如何地试图挣扎出一点滋味一点高潮。

去年深秋在美国，巴士从黄石公园离开后，沿蜿蜒的山谷长途跋涉。山谷很美，有溪水有浅滩有黄色的树林。日光渐渐从窗外消失，四周散发出通透的灰蓝色，就在那个时候，我接到国内发来的信息，告诉我说就在刚才，外婆去世了。

车还在继续前行，山谷还是山谷，树还是树，风还是风，灰蓝色的光泽也依旧莹莹。我得过很久才能分析当时自己在想什么，是在主动地试图去感受什么，还是恰恰相反，主动地去逃避什么。我只记得车厢里很安静，其他游客多半睡得熟，脑袋在座椅靠背上辗转出声响，远远有薯片塑料袋被撕开的窸窸窣窣，或者谁的耳机松脱了一只，奏着若有似无的音乐。我握着手机，看一会儿屏幕又看窗外。

临走前我曾经去看望过外婆，当时母亲还说也许这就是你见到外婆的最后一面了，我那会儿只觉得滑稽荒谬，和一点点不耐烦，认为母亲讲话真不吉利，我总是以为“死”这件事远得很，对哪怕九十出头的外婆来说也依旧远得很，远得让人完全不会有危机和伤感，这份自信将我彻底地劝说着，不会的，哪能啊，哦，我出个远门，无非十来天，回来就见不到外婆啦，这三四年来外婆不都这样躺在床上么，也没有比去年或前年更糟点，至于就在这十来天里突然情况急转直下了？所以，我百分百地认为着“哪能啊”。

手机上的短信亮起来又暗下去，过一会儿又被我按得亮起来，又暗下去。那个当下我没有多么刻骨铭心的沉痛悲伤，我只是茫然。这茫然既不贬义又不褒义，或许和我之前一直使用它时的心情也不同，前所未有的一种更具体的茫然，是知道大命题来了，但被丢在十万八千里之外的山谷里的自己，连题目也摸不到时的现状。

好像第一次认识“死”这个字，还在研究它怎么读，它怎么写，它如何被发明，还在学习它意味着什么。

日后我也曾想过，如果不是在那一天，在灰蓝色的光由每一棵树每一丝风每一对鸟羽中折射，在印着满满英文字符的车厢里，在一条盘旋于山谷中的长路中，我在彻头彻尾的异域，找不到任何熟悉的景色物品来建筑一份短暂的安妥——如果不是发生的那个时间和那个地点，我会怎么接受和消化那则信息呢。但事实上，我还是任由车辆带着自己的身体继续往前，往下一站，所谓的旅途的下一站出发，而整个人忽然“被捞了起来”似的，在很高很高的地方，看细线似的路，看蚂蚁似的车，看车里尘埃似的自己，看弧形的世界在一端已经完全落下了太阳，看夜色里那点灰尘般的她怎样又回到了自己的“日子”中去，在那里她一如既往地什么也做不了。

我一不觉得自己爱好旅行，二也不觉得自己经常旅行，三更很少思考“旅行有何意义”。

不需要非得有意义啊，不带这样的命题出门，走近点去买午饭，走稍微远点去看电影，走得更远点去呆呆地站，都得有什么意义吗？然后就走到异国他乡去吃饭看电影呆呆地站，都得有什么必不可少的意义么，吃午饭看电影发呆，开车走路睡觉，都得先设想好了它必须有什么额外的意义才行么，至于吗？有些地方只是我觉得好奇，想去看看它什么样呗。意义这个词语太过隆重化，好像经不得一点世俗似的，偏偏对我来说，很多时候我得指望旅行里遇到点新鲜的事，有助于自己日后写作，就是为了这么功利的目的，又或者，对自己平日的生活麻木了，出远门可以帮助自己做一个相对长期的“打捞”，不是那些在窗台上，车站前忽然走神去思考自己生活的境况，自己的人生命题，而是扔进彻底的陌生，那里没有帮手没有朋友没有可以依赖的熟悉的事物，所有一切都和自己扯开防御的距离，腾一个茕茕孑立的影子，让她好好地走神。

但这依然只是完成后势必会有的收获而已，尚无法称之为“意义”吧。

看到好风景，觉得开心，觉得压抑，觉得惆怅，觉得不幸福，或者不再痛苦……入夏了，临湖的路上每隔几米就有一只被过往车辆撞得血肉模糊的水鸟；

隆冬里，一脚踩下去就是没及脚踝的雪，等开春再访时才发现“没及脚踝”也是自己的误解，真正的路在至少一米之下，是的，自己当初踩着至少一米厚的雪，那样“悬空”地走，原本撑着它的脑壳儿当路标的岩石原来有那么巨大，它真是脾气好到温柔；又或者开车爬一条削得崎岖陡峭的路；又或者自己徒步去爬一条极其崎岖陡峭的路，结果人没办法站直，站直脚底就打滑，余下的路都是蹲着一点点挪完的，“徒步”基本上成了“徒手”，完全是山壁上孤身一人的白痴。

也许它们总会对自己产生或多或少的意义，也许吧，但“意义”这件事从来不在出行前的计划里。我对付不了这些大型选题：问意义，问人生，问旅行的人生，问人生的意义。

〔2〕

1月的淡季里，住了好几个没什么客人的宾馆。其中有一家更夸张点，日落前抵达，因为就靠着海岸，四周狂风呼啸，宾馆建在南部知名的霍芬小镇外，一个小小的山丘上，依稀的光线里看见一座灰蓝色的老旧建筑自伏地的草海中拱出。我停了车，先取了护照，预订单和钱包手机等准备找前台登记。下车，周围是飘忽的雨，雨势完全凭借风的指挥，因而异常地不均匀。宾馆的门锁着，门楣上亮一盏小灯，一张告示贴在玻璃上，让入住的客人拨打告示上的号码。我遵照着拨通，女主人连说稍等片刻，她现在就赶过来。守着门站了大约十分钟后，一辆小车从草原中开了过来，女主人下车，拿着一沓资料，打开大门，才将我带进了宾馆。

进去后，一步步才回过神，啊，这，好像是，今天晚上，这栋两层的小楼，只有我一个人过夜。

果然，交代完公用客厅里的设施，厨房，公用浴室等一系列内容后，女主人对我说“晚安”，便驾着车又离开了。山坡上的两层小楼，只留下我一个人。

我似乎有一点担忧，但逐渐地，又察觉自己胆子已经大了许多，虽然稍加想象就会替这个陷落在夜风尖利呼啸中的宾馆营造出一系列精彩的恐怖片段，但我真的害怕不起来，不知从哪儿来的安全感，认定了“没事啊”“不会有问题的”“多好啊”“一个人包了场耶”。房间安排在二楼走廊的一端，面积不大，挺袖珍的，但床单皱得很干净，是刚刚洗过晒干的皱，枕头也蓬松着，储存之前积累的日照，浴室在外头的走廊上，连一个人在那里洗澡也不觉得害怕。假如有，那一小撮儿仅剩的不安也成了调味料似的，抓在指尖的葱花，要撒到黄色的暖汤里去。

在公共客厅里待了几个小时，那会儿还是很兴奋的，东看看西看看，墙上的照片，书桌上的地图，猫头鹰造型的摆件。

窗户外的风雨没有停过。

真的没事。

也曾经常常地一个人住公司，最终练就了完全不需要开灯的功力，偌大一层办公楼有我一台电脑的屏幕幽幽亮着就够。我以前总怀疑是自己想象力骤减的缘故，盯着一个黑洞洞的地方往死里看，也无非念起一些“哦那里摆着谁谁的椅子”“有个什么什么样的笔筒”“上头的日光灯之前似乎故障过”。没有巴掌大的灰色绿色不明生物刺溜一下窜过，没有白色的令人狐疑的光团飘来，没有一个被撕烂的咒符，没有一支燃尽的茉莉花味的香——但这么一举例，我的想象力也似乎还存留了一点。可是不害怕。

大约从六点到十点，我一个人在这间位于山丘顶的小楼里，收拾东西，看视频，啃面包，啃先前买的甜到不合理的梨子，也拍照片，赤脚走来走去，胡思乱想，或者忽然大发神经开始唱歌。

外面？外面是被狂风揉得乱七八糟的夜色，忽然窗户噼里啪啦地让雨势砸得响起来，像一群盲目的鱼撞上了渔网。楼以几十年来的智慧，知道怎样和风雨抵抗，它大概是真的在做着微妙的调整，低一低屋檐，侧一侧立柱，斜一斜梁，因此听得见门外的楼梯嘎吱嘎吱响，听得见让窗缝挤得扁扁的风声一而再再而三地扁扁地洒满了木头地板。

灰色绿色的不明生物？也许有，也许没有。

白色的令人狐疑的光团？也许有，也许没有。

撕烂的咒符，或者再可怕点，血色的一条胳膊？也许有，也许没有。

它们始终不愿现身，大概是商量好了，决不出现，就让她一个人在小楼里过个夜吧，看她很开心的样子。以至于我仿佛能看见犹如退潮一般，从我的脚底开始后撤。“明天见。”我们约好了。

迷迷糊糊地睡，没有很踏实，一早五点多就醒了，再独个儿洗漱完毕，整理行囊后独自离开。宾馆又恢复了彻底的无人状态。外面的天还是飘着雨，黎明时的空气冰而湿润，让人宛如溺水，富裕了肺部的每个角落。我把车开进霍芬小镇（按照实际面积来说，差不多和国内一个中型规模的楼盘社区那么大），加完油，买早饭，镇子上有以龙虾为名产的餐厅，但那会儿似乎全都大门紧闭，镇子被雨洗得像一颗半溶解的胶囊。

〔3〕

外婆到后来瘦得只剩一半，喂她吃什么都摆手示意不想吃，好容易送一小口蛋糕进她嘴里很快又被吐出来。母亲一直说你不吃东西那怎么行呢，人什么都不吸收那不是很快就要没了。

我试着去圈了圈外婆的手腕。我用右手的拇指和中指扣起一个环，而外婆的手腕在里面装不满，留出的一大截空隙里让我想到“所剩无几”四个字。但尽管如此她还是在我眼前实实在在地躺着，就算虚弱也是实实在在的虚弱，老迈也是实实在在的老迈，全都看得见摸得着，温度很低，皮软皱在骨头上，也是实实在在摸得着的低和软，是依然存在的，是活生生。哪怕是残留的这样瘦弱的外婆，我依旧觉得她离死亡这件事异常地遥远，异常遥远。我以为我身边的人是不会走的，我们可以一直一直一直地这样下去，哪怕未必每天都过得好端端的，也很普通甚至是很苦闷，都过得丧失意志了，就这样挨着过去了，再挨一下又一天过去了，但这个状态也是能够永远永远永远保持下去的。不会结束。

还是没法去想。

〔4〕

先说回冰岛吧。还行，每个投宿过的旅店目前还以非常鲜明的影像篆刻在脑海里。我提到过第二次想尽量去得极限一点，找了一家最西面的客栈（地图上，犹如鸭子形状的冰岛的鸭嘴位置）。虽然有横贯的捷径，但偏不走，非走贴着峡湾的曲折长路才满足。冰岛东南部也有峡湾，西北部的更荒凉一点，不像东南部的盈盈的水，海面宽阔，陪以劲风，掀翻草皮掀翻渔网或者试图掀翻你的车，东南部峡湾整个儿活力很足的样子，西北部的峡湾就太安静太安静了。3月里，天色已迟迟不暗，晚间十点多，日光昏着半幅世界。于是你注视它，它注视你。你转头不看它，它转头不看你。你和它中间还有败浅的滩涂，泥淖，成片的枯枝，有整齐的山峰，温柔的雪冠，有山那边的海岸线，但好像只有你们之间存在唯一的交流。

那条路真是一个接一个的细长的"M"字，"MMM""MMM"，我像在描摹西北部的冰岛的心跳。车在这边开着，肉眼可见随后要驶上的路就在对岸，几乎平行，等终于折上了对岸，又看着之前开过的路，是山中间横腰的一条，低低挂着的黄色细线。就这样总共耗费了我近四个小时，从夜晚八点半一直到十二点，我终于把这曲折的峡湾走完。最后两个小时，连强劲的电脑电池也告罄，前文写过的 MP3 播放大法不得不结束了，打开电台广播，信号忽而好忽而差，一首听不太明白的陌生的歌就在山间忽明忽暗。

只有安静这一个要素，不掺其他，完整而舒缓，安静本身成为庄子所见过的鹏，"鹏之背，不知其几千里也""怒而飞，其翼若垂天之云"。于是日光在此处的暂避，在他处的耀眼，也无非是这只鹏鸟飞过的痕迹而已，它的翅膀不动声色地拂去所有烦躁的声音，甚至是所有声音。

后来在达尔维克曾经有一晚投宿在"维加莫旅馆"，那应该也是所换过的旅店里排名数一数二的温馨和漂亮。我运气还挺好的，四五十岁的老板将一间独栋的小屋留给了我。红色外墙，窗楣刷成白的。床铺在阁楼上。晚上把电脑搬上去，一边放连续剧一边睡着了。阁楼下是厨房与客厅外加卫生间。而所有的内设布置完全不似一个旅店。门上装饰着水晶吊坠，沙发扶手挂着毛毯，洗手台边铺有小花图案的毛巾，浴室里的肥皂盒下是刺绣画布，香味的蜡烛还剩一半，和项链一起放在木头架子上，是个非常非常类似寻常人家客厅的住所，主人有颗很温柔而善意的心。窗外洗干净的床单吹着自己的口香糖泡泡似的，风里鼓得浑圆。我洗完澡，发现还有专门为女性客人准备的睡衣，粉红色和淡黄色，袖口绲白色蕾丝，挂在卫生间的门边。第二天是个大晴天，阳光在客厅里偷读我昨天画到半路的地图，把红色照成了橘色。

非常地明媚。

在那之后，就把车开到了冰岛的最北端，住在地理位置最北端的旅店里。抵达前在海岸边逗留了很久，虽然肯定是望不到什么的，但知道就在前面，一直往北，就是北极圈，就是从小在地球仪上看过的，被那根塑料制中轴穿透的地球的顶点了。

好像很近的样子，事实上，仍然隔了很远。

好像很远的样子，却是走得离它最近的一次了。

海边没有供人享受的沙滩，大块大块的石头在这里建成屏障，腐烂的海带四处滋生，一层浪来了，石头的缝隙里便浮起丛丛的飞虫尸体。站着也难，脚上的鞋到这会儿磕得光彩全无，彻底的劳苦相，可想来它也亏不到哪儿去，回去可以挤在同胞里，看看左边的帆布鞋，看看右边的平底靴，告诉它们，我身上的伤痕可是在很远很远的，接近北极的海边领受的呢。

第二天在旅店吃早饭，主人是个高大的白发老爷爷，给了我一张“从冰岛最北处颁发的奖状”，后来也在网络上查询到相关资讯，就在旁边的小山丘那里，原本政府曾经计划建造一个类似“吸取天地精华”作用的原石景观装置，但之后因为缺乏资金，已经完成了 2/3 的“地标”就这样搁置了近三年。

还是去逛了逛，“吸取天地精华”嘛。之前在旅店里看见的设计沙盘，似乎是一圈石头围出的圆形底盘，底盘里，前中后各有两条巨石搭成的石柱，向空中伸展最后相接，犹如举向天空后合掌的手。三双手。

工地上还停着好几部施工车辆，其实“手臂”们都完成了，似乎只差外围那圈圆形的石栏。但看来是不会再继续下去。

我从最外围的那对“手臂”下穿过，又走过最中间，伸得最高的那对“手臂”，再走过最后那对。重新绕回来，站在最中间的“手臂”下面。也是晴天，天蓝得像谎言。不远的地方就是海，海蓝得也像是谎言。

吸取天地精华。相信一下也无妨。“赐予我力量吧——”相信一下也无妨。然后就可以跳跳蹦蹦地离开了。

为什么相信谎言，因为谎言多半太美。

〔5〕

我在最近这两个月里，看了两集题材完全不同的纪录片。

突然就想到这个。

一个介绍上海首次举办规格最高的马术比赛，所有的马匹从欧洲坐专机来，相关配套设施的要求都极为严格，专人，专机，专道，在抵达上海机场后，将它们运送到比赛场地的专车差点无法满足需要，主办方排除万难后总算调配过来，“确保了万无一失”。城市灯光里，一队意气风发的精英要出发了。

两个月后无意中看了另一个纪录片，说的是国内一批民间马场经营者，自己开个小型马场，养马，也参加比赛。从内蒙古迁徙来江南的老板，新年里和老婆一起包了许多许多饺子，招待马场的客人们，希望生意可以更好一些。雇佣的两位骑手，要在下个月参加某地举办的竞赛了。那天早上，一位开来了向隔壁厂暂借的箱式货车，为了让自己的赛马爬进车厢，特意还找了块木板垫成台阶，但马还是没能一口气跳上去，重重地摔破了腿。骑手对镜头说明，“回头拿点药给它敷一下，希望它扛得住”。另一位原本不是纪录片的主角，只是作为前一位的朋友，和他的马一起，在镜头里被简略提及了一下。拍摄组一直跟到了比赛现场，捕捉了不少来参赛的马匹或者骑手，然后比赛正式开始了，所有人都在马鞍上用力抽着鞭子，希望可以冲进前三名，到底是什么性质的前三名，这是个什么性质的比赛，我似乎是漏听了，怎么也想不起来。然后镜头一抖，旁白说有突发状况，镜头开始奔跑。赛道上，是之前曾被简单带过的骑手，他的马躺在地上，四肢抽搐，口吐白沫，骑手难以置信地一直挥动鞭子抽打它，他大喊着“起来啊，你他妈给我起来啊”，但马起不来了，骑手撕心裂肺地大哭，冲周围的人喊叫“救救我的马”“你们救救它”，无济于事，马很快还是咽气了，就在镜头下面，就这么眼睁睁地。

我那阵子闲着没事就找纪录片来看，它们是我看过的两个。

就是突然想说一说。

没什么特别的意义。

〔6〕

不用问意义。别去想。

什么也不想地，头顶有鹏鸟似的翅膀，它安静得像一种真理，能将一切都扫去——那就好了。世界有生，也有死，有天悬，也有地隔，有云飞，也有泥沉。它们原本各自好好存在，非要被拉扯到一起形容彼此不可逾越的界限。明知自己根本处理不了面对这类界限时的无力和自怨自艾。差别永远存在，界限不能抹除。

〔7〕

也住过很平常的公式化的宾馆，很长一排走廊，两边都是房间，并且曾经遇到过两个来自中国的小型旅行团。

能订到有独立卫生间的尽量订独立卫生间，因为我这个人洗头洗澡的过程很麻烦，老是进进出出地占用那个公用浴室毕竟诸多不便。

住过的两个宾馆都养了狗，手机拍它们的照片，准备拿回去给家里的巴顿看，气气它。记得有一条牧羊犬，也就两个月大，特别黏人，把走前的我舔个遍，又追着车送出很远。

有很多宾馆只有楼梯，行李需要自己提上提下。

坐在公共厨房里吃面包的女孩子盘着腿，又或者她并没有盘腿而坐，没有面包，甚至没有那个女孩子，只是我的想象。

最后一次住的宾馆，在离机场很近的凯夫拉维克，一家名叫“Guesthouse 1X6”的——我以为能称得上是精品酒店。Booking上的评分很高，满分10分打到了9分。车开到凯夫拉维克时，大雨和狂风就没有停过。想到租车公司一直不忘提醒的，大风天里开车门时务必注意，果然很有必要，风力大到扯掉它似乎不在话下。我就这样前倾着身体下车，前倾着身体提行李找到大门。主人同样在门上贴了张说明，写的则是这里不似其他酒店设有前台，请入住的客人对照告示上标明的名字和房间号码自行入住即可。我从三行客人名单里找到自己的“ZHAO”，在“3”号房间。

有点没明白的是，按理说在此入住的还有两位客人，但直到我第二天离开，也没有见到他们，原本的公共卫生间和公共厨房又成了彻底属于我一个人的。尤其喜欢那个大大的厨房，两扇窗外透着狂风和暴雨，但厨房里暖融融的，不开灯时依然灰得暖融融的。桌子上放了一篮大大的水果，杂志堆在一旁。

离开前的这个夜晚基本没怎么睡着，还是一样，飞机极早，我睡得又晚，加之窗外野风没有停，声音尖厉刺耳，所以第二天差不多五点前便起了，早饭也是完全自助式的，但比一般概念中的更“自助”一些。冰箱上贴了字条，写着面包在砧板上，咖啡在一旁的罐子里，冰箱里有水果和肉，早餐欢迎自己动手啦么么哒。好吧，那就按照字条的说明，切了面包，冲了咖啡，在冰箱里找到用塑料膜包好的一盘番茄片，一盘芝士片，还有一盘火腿肉。我边吃，边探头探脑，走廊上另外两间客房依然是无人居住的样子，实在不知道剩下的客人在哪里。

风大雨大，将车在机场归还后，拖着行李箱走到候机楼约300米，完全淋湿了，最难受的是脸上的护肤品都被冲光光，进了候机楼一蒸就干得难受。

坐在登机口前想，还真没办法那么快地再来第四次了，也许是2015年的夏天，搞不好更晚一点，可谁知道呢，又或者完全不是我想象中那么迟。

再来的话，来干什么呢，会有什么新的意义吗？为什么一直逃不开这两个字。

〔8〕

GPS 告诉我今天的落脚处就在前方，有时是乡间农场上的一排平房，有时是北部重镇里一栋粉绿色小楼。我办理完入住，收拾停顿，洗了澡，头发来得及吹干就吹干，来不及吹干就湿漉漉地冻在头顶上，然后重新准备好器材，开车到无人的荒野去等极光，坐在车里，十一点半，十二点，十二点半，直到一点。有超过一半的概率能等到，等不到的话就看密布的星星在头顶扑向我，用忽而极快忽而极慢的速度。

天圆似穹顶，地方似棋盘。

所以你说，星星有什么意义，宇宙有什么意义。生有什么意义。旅行有什么意义。拍照有什么意义。写作有什么意义。一群人有什么意义。一个人有什么意义。火有什么意义。胜利和失败有什么意义。

看，我都快不认识这个词语了。她的确更像是个清澈的谎，为了让一切都变得美好起来。驱动着我们去暂时忘记死亡，却不告诉我们，恰恰是因为死亡一直在终点，才让起点和它之间画出的线条，成为我们的人生岁月。我们有了目的和愿望，价值和斗志，我们想干点什么呗，闲着也是闲着，吃个好吃的吧，看点好看的东西，做点带劲的活儿去，学点想学的事物，然后去认识一下自己的爱，去点一丛已经熄灭的火，或者是渡湍急的河，去捕捉破河而出的鱼，又随它们坠落。在胃里消化陌生的词语，在头脑中模拟一种新鲜的滋味。还是王小波的话，他说“我活在世上，无非想要明白些道理，遇见些有趣的事”。

想去吃很辣的粉条。

想揉一下狗毛毛的脑袋。

想停下来。

想走。

想换一种眼药水。

想写一个全新的角色。

想换一种人格。但真的只是想想罢了。

想着之前看到了昙花开放的视频，很美，不知道亲眼看见的话是什么样子。

想睡，但一时睡不着。

想提两句关于外婆的事，她生前没有工作过，有大智若愚似的智慧，只记她愿意记的好的事，不去烦恼那些糟心的问题。我以前还帮她染过头发，虽然我们相处的时间不算长，外婆自己从市场里买回的染发膏，她找个塑料杯把几罐挤到一起调匀，我拿着一把用得半秃的牙刷，从鬓角开始替外婆一点点刷上来，说实话，我的手艺很不怎么样，但给外婆偶尔染一次头发对我来说还是很有趣的事，让我觉得自己挺像个大人的，肩膀上有一份责任了。楼下又在烧菜，红烧带鱼或者韭菜炒鸡蛋，自行车铃声在弄堂里刮到这儿刮到那儿。

如果这是一种微小但确凿的意义。

〔9〕

我永远永远都记得，初秋，台风来了，台风带来丰沛的雨水和专制的风。外婆家的老式窗户用一根锈迹斑斑的钩子扯住，这才完成了它的“关”。渗入的雨水把窗户染出不匀的深红，朝外望去，仅在几米外的邻居家的窗楣也看不见。

朝外望去，冬夏和春秋。

朝外望去，十四岁，十九岁，二十岁的我。

朝外望去，上海的楼宇，北京的高架，广州的街道。

等风停了，雨也住了，朝外望去，忽然散开的云层拨出一枚小小的月亮，机翼的顶端亮着灯，客舱里大家都在熟睡了。

〔10〕

飞机终于着陆在浦东机场时，我累得半散架，只想回家先洗个澡然后赶紧睡觉，没准连澡也不洗了，只想先睡觉。但电话里父亲问我“很累吧”，我还是脱口而出地撒谎“还好啊”。后来他问我“下次什么时候会再去”，我说“不知道，估计一时半会儿不去了”。

大概也是撒谎吧。

道理还没有全部明白，但遇到很多有趣的事。

所以还得接着再去的。

WHALE WATCHING CENTRE
North Sailing
North Sailing

如羚羊或小鹿在芳草山上

CHAPTER
04

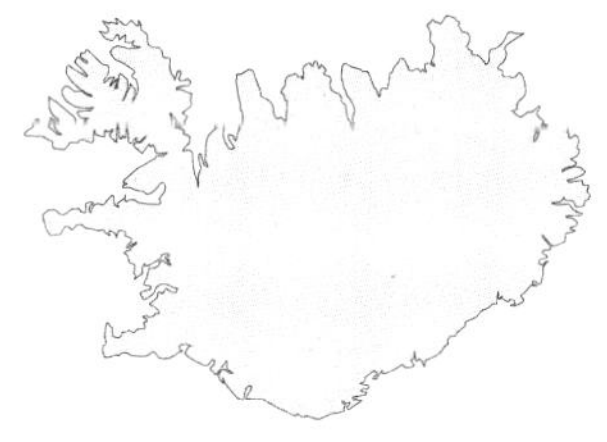

〔1〕

全文虚构。

〔2〕

他在朋友圈里发的那句话，她明明第一时间就看到了，当时她就有种很奇怪的感觉，这感觉在半年后被完全印证。她的预感果然还是很准，一如既往地准，当然也有失手，但比起来还是中的几率更大些。

他那句话说飞机误点了，在机场，这个点没有出租车，更别提其他交通工具了，头疼啊。

她能够很顺利地设想出当时的场景，这是她格外擅长的，冬天的机场，灯光里孵着残留的温度，机场里零星剩下的旅客们都没有了好脾气，一张张脸色都臭得很。他脸色八成也不怎样，但到底还是受倦意影响，连生气也是收敛的。

收敛——想到这个词语的时候她心里却额外地发涨。

〔3〕

重逢是两年前的冬天，萧条里裹挟着希望的寒冷，城市浮着一层被燃尽的鞭炮煮熟后的呛人微香，加上早晨的湿气，“咵嗒咵嗒”的，踩上去都是“咵嗒咵嗒”的声音，脚底复制出完整的残红。大年初一，她本打算买早饭，店关得干干净净，让她空手而归。她还在细长的路上走，两边塞满了私家车，她从车屁股里左侧身或右侧身地绕出一条路，远远看见有个人从那头冒了出来。

她没有认，然后没敢认，认出后忽然自己也说不清楚地猛一蹲，躲进了车的影子。

她听得见一副“咵嗒咵嗒”的声音从远而近地来了，声音更沉稳些，节奏自始至终没有改变，一路地来了，来了之后和自己擦身而过，隔着她巨大的不安。她躲在车身后，银灰色的车身倒映出一个变色的自己，她和那个自己面面相觑了一会儿。

五分钟，也许有五分钟吧，她重新往家赶，父母家的门上贴着新年的剪纸，她看见一双脱在门垫上的鞋，边缘绲着一圈斑驳的红色，但鞋面依然干净。她忽然想，好像过去自己曾经试过，别扭甚至变态地，偷穿过他的鞋。但那会儿他们都还小着呢，两只脚的尺码不会像现在差距那么大。现在的话，他的鞋至少大了五六码，整个脚掌落进去，应当处处都是意外，陷落的地方都是他的标志，和自己大相径庭。

她开门，他从椅子上回头。中间隔了八年没有见，一时之间不知道如何称呼对方，所以两人都没有，那“没有”算个什么事呢，一旦“没有”，有的就只是停滞后的她的紧张和窘迫。

〔4〕

一下子能看见“成长”到底是怎么回事。连同身高在内还是改变了一些，或者也没有，只是感觉上的，感觉上他从凳子上站起来的那一瞬间，他像是将空气往上拔了一层，以至于她的呼吸因为稀薄而困难。更早以前的回忆都来了，从童年开始，童年里没有关于性别的明显意识，他们俩经常玩在一起，两边的父母都很熟络关系要好，于是他们跟着熟络，跟着关系要好。居然是从幼儿园开始，一直到小学结束。能算什么呢，两个圆乎乎矮墩墩的人影而已，颜色可以区分，一个人扎的羊角辫另一个当然没有可以区分。每年过节会格外正式地聚到一起，小孩子吃到半路就没有了耐心，手拉手去路口看人放鞭炮烟火，于是一边的家长嘱咐说“你照顾妹妹啊”，另一边的家长配合说“你跟好哥哥啊”。

有人放鞭炮，一起躲开，捂耳朵，踩脚尖叫。看到放烟火的，更亢奋，跟着那枚擦亮的火柴凑很近，然后又以更快的速度跟着跑开，跑得太快时遇到发了潮的烟火，她就忍不住要重新凑回去，被他一把拉住。哥哥照顾妹妹。妹妹被哥哥照顾。顶多一个十岁，一个九岁，或者一个七岁，一个六岁。

他回国了，回国来拜访，在那之前就是各自过各自的八年，过得把对方都完全忘记了，忘成一个无须感情烘托的人。他也有过挫折时，学业上或工作上吧，大概，一个人在国外生活时面对荒无人烟，大概。她过得不坏也不好。挫折来得很早，成为一个标准的学渣，老师们都恨不得她尽早转班，一败涂地，连同父母也既心痛又要压抑嫌弃，所以她索性放开了去走条不常规的路。居然走了下来，忽然发现所谓“柳暗花明”原来确有其事。她成了亲戚朋友嘴里常说的“混得还挺好”的人。也算欣慰，大概。

八年真的很长。

怎样的消息，放进八年时间里都被稀释得干干净净了。直到听说过年他回来探望她一家人，那时消息还是一则没有感情的消息，主谓宾语构成。她想着哦，是哦，回国了哦，什么时候出的国来着，不知道，反正回来了，哦，是哦。直到她脑海中出现“直到”这个词语。瞬间有了区分，“直到他从路的那一头出现”“直到他的鞋子还热烘烘地列在地毡上”“直到他回头”“直到他站起”“直到他们彼此之间也不知道该怎么称呼对方”。

——“你照顾妹妹啊”。

——“你跟好哥哥啊”。

〔5〕

肯定没法写得巨细靡遗，意识到了，照这个心理状态，纤毫都会被捕捉，不行啊，字数有限。挑接下来的写。那过后，中间并没有隔多久，到了2月14日那天，她手机亮了，一个陌生的电话号码，但信息一看就能辨认出。

那天的拜访结束后，他驾车离开，车停在小区外，她是去送的，他进驾驶座，顺手在鼻梁上架了副眼镜。

2月14日看到短信的时候，她就想起他这样的脸。

很快速地重新变得熟络，顺利的程度让她其实压抑不住惧怕，好像那个抽木条的叠叠木游戏，始终没有倒塌，居然始终没有倒塌，几乎要让从不果敢地去期盼的一个人要开始期盼起来。她面临史无前例的诱惑，要她拿出全部的赌注。

有一次他们俩单独吃饭，她撞上小区要维修煤气，心急火燎地在家里等着，一边不停地发消息给他“我还要半小时”“也许还要半小时”“对不起啦”“你等得很无聊吧”“对不起对不起”，他回“哦没事呀”“我正好赶个活儿”“嗯没事”“等你”。

她大概是以百米冲刺的速度跑出小区的，穿着裙子和低跟的黑皮鞋，然后人急刹在距离目的地一百米的地方，得用那剩下的一百米去抹杀自己此刻的狼狈，额头的汗擦一擦，脸还在发红吗，气息平复了没有，其他都还好，气息始终没有平复成正常。走得越近越是没有办法平复成正常。

一定会喜欢帮你把芥末挤在调味盘里，加酱油调匀的人。吃饭的速度不快不慢，知道会在什么时候听你说，什么时候由他发起下一个话题。没有冷过场。

出店后他穿上黑外套，肩膀驼了一驼去调整，然后回头拉住她的手。从头至尾都很收敛。过街头，过天桥，过地下的通道，他从头至尾都很收敛。只有她觉得余生的燃料也许都可能用完，留下的脚步成为灰烬。

〔6〕

提问时间。

——我们都会始终喜欢一种人吗？没有改变过吗？

〔7〕

“容易感情用事”“太容易感情用事”“时常会失控”“失控起来很可怕”，旁人都这么说她，她觉得对，一点没有错，有时候可以清楚地发现自己进入失控的边缘，是身体又开始发烫，因为心脏已经要在某种难以自制的喜悦中沸腾了。她一旦发现了是自己喜欢的东西就完蛋了，能完全不计代价地，只想对他

（她、它）好，时间可以奉献，物质可以奉献，甚至要什么都可以拿走。

所以她是想过跟着他走的。“混得还挺好”的所有“挺好”都可以不要了，没所谓，反正它们本来就只是“挺好”而已。而他代表了更好和最好的事物。他代表了自己从来都无能为力的那个名叫“节制”和“理性”的象征。

她学不会怎样停止自己，如果一旦开关坏了，等在最后的哪怕是死胡同也无法阻拦她，可好笑的是她却没有办法真正地从那里破墙而出，迎来一次胜利的征服，于是只能看见一场步履越来越艰难的争取。她就想告诉对方，我愿意对你好，至于为了这个结果，需要交换出什么东西去，根本无所谓。来，拿着，这是全部的优点，全部的缺点，还有这些，这几个是致命的伤，从小时候留下的，没有愈合，里面依旧是还在不断新生的血肉，所以要命得很。于是三天两头地，她总能感觉到这种强烈的消耗，但没有办法，无能为力，自己要在心里生成一个黑洞，让它们以巨大的引力来瓦解自己。

所以一点也不奇怪吧，她喜欢正相反的人，喜欢可以及时刹车的人，他们不会犯自己总犯的错误，不会走自己走的死胡同。他们不会失控，不会喜欢起一个人来就什么都是可以割舍的。连这种割舍都让她欢欣，让她想到“活着”这个词语，是前所未有的生动和不安。

〔8〕

想想，最近她还喜欢什么人来着，影视剧的或者文学作品里的，虚拟类人物。

想不出来，依然还是他的脸。

看星座运势会看两个星座的——是看完后才发现“啊我居然读了两个”。所以当然的，所有能够关联的都会被关联起来，时空里充满了强行的线。在楼下看到了新一张的维修煤气通知单。芥末。一个新开的饭店门前湿了一层毡垫似的鞭炮碎屑。银灰色的车。满大街都是银灰色的车欸。

而线却还在增加，铺天盖地织网。每天 MSN 上聊完天，第二天出门就得种种预防着，到处都是对自己的捕捉。哪里都是影子。随着入冬的深入他皮肤白回来了一些，头发剪短过，开车还是会戴眼镜，不太明白为什么，也发生过领子一只折在毛衣里，一只露出的情况。以后看到尚未长大的小狗，它一只耳朵还耷拉着，一只耳朵已经在发育中直立了起来——也会想到他。联想力前所未有地丰富，如同需要一个取之不竭的源泉，因此它们得到最大的激励，去寻找，去挖掘，却发现，所有的他。

〔9〕

车停在冰湖旁边。冰湖前前后后加起来她一共来了有十次。“对喜欢的事物没有节制”，一如既往。于是见过了晴天下的冰湖，见过了阴天下的冰湖，见过了大雨中的冰湖。见过了朝日下的冰湖。见过了夕照下的冰湖。见过了云中的冰湖，得层层剥离开。

第一次到访冰湖时，从日落开到入夜，应当入住的宾馆早就过了，而且多半明天一早出发时也会途经这里，但不管，依然要提前来看一眼，多看一眼也是好的，最鼎鼎有名的冰湖。

天色极速地暗，像饮料被倒翻，一下就汹涌而至的黑暗，带着没有溶解完的盐分。她一路循着导航，过一座桥，左转，然后停到一片平坡上。先前她还在困惑，到底冰湖在哪里，所谓的冰湖到底是什么，但旋即就明白了，车灯照亮的地方是一片连绵的碎冰，漂浮在湖面上。

冰湖是什么。南部最大的瓦特那冰川伸出数条冰舌，有些舔尝着山，有些舔尝着草原，其中一条舔尝到湖水，从冰川上脱落下的冰块漂浮在湖水里，于是成为冰湖。浮冰或大或小，或成军或游击，最终它们将流向前方的大海。在入海口的沙滩上，到处散落着或大或小的冰块。

她下车，旅游淡季，几乎没有人，只有一个摄影师在湖面旁边架着相机。夜空还是晴朗的，星轨自得其乐地旋转，冰川将视野熏成蓝色，极其安静，因而能听见清楚的，浮冰碎裂，轰然坍塌的声音。“咯啦咯啦”“轰——”，肉眼四处寻找却毫无线索，它在表面继续维持美轮美奂的凝固，在私下发生无可挽回的异变。

暴雨天也曾去了冰湖。车停了，她也没法下车，没有雨具，穿的是最寻常的大衣，外面的风雨已经在车窗上泄洪似的，将前方的湖面扭曲成印象画。她想着还是等一等，冰岛的天气多变，没准半小时后就云开日出，所以一直候在车里。一批批的旅游大巴载来了一批批的各国游客。他们穿着颜色缤纷的防水外套和长裤，顶风走得集体倾斜，朝沙滩前行。男生搂着女生。女生拉着女生。

那次她在湖边坐了两个多小时，但风雨没有停，没有变小。她脑袋一热想着要不冲下去试试好了，车门一开让雨噼里啪啦近似一顿狠揍，输得难看极了，只好丧气地再缩回去。车身让风雨推搡着，发出嗡嗡的响声，远处的海应该在咆哮吧。海鸟们还在发疯似的与之搏斗。

她伏在方向盘上，试图在雨水的喘息之间看一看，海面上一阵一阵扬起水汽，灰色与黄色的海，海鸟如何才能突破进来，在浪尖衔出自己的命。而与入海口隔一头的冰湖，雨中也继续稳扎稳打地，不动声色地漂浮。雨只能击穿它的表面，而深处持续的崩塌继续和雨无关，和风无关。

〔10〕

叠叠木始终没有倒塌，赢得了她全部的信任和筹码。她可以继续观察这份后果在自己身上起到的作用。所有喜怒哀乐都有新的来源和新的归属，所有喜怒哀乐都生动具体，是忽然盛放的花盘，招引艳阳。

去电影院时坐的电梯，透着外头的景色，商场的庭院一层一层地更新，电梯里站着四五个人，她和他在其中不到一半，她还能透过电梯门看他倒映的样子，垂点眼皮看缩小的中庭。出电梯后路过的餐厅释放各自的香味，热闹时段，门前一排等候的椅子上都坐满了人，更年轻一点的情侣们干脆挤在一张凳子上，年轻就是不用顾忌外界，可以大大方方地爱来爱去。她再回头瞥他，也不知道自己忽然之间看他的意图是什么。他已经站在售票窗前，抬头看场次，两人隔了几米，于是被人群往来遮蔽。她隔了那点距离，看他被遮挡，被露出，被完整，被部分。有人捧着爆米花路过，于是闻到爆米花的香味，有人吸着可乐见了底，于是听到见底后杯子“哧哧”的回音。附近的卫生间前排着长队，中庭里的香水推销员们孜孜不倦，地铁在底下轰轰疾驰。

她实在拿不准自己该不该担忧。

叠叠木这个游戏，原本就是以最后一定会坍塌为目的，才被发明出来的。

要怎么才能舍得呢。

理智的人说到底便是爱自己更多一些，不似她永远不爱自己。理智的人时刻能够计算时间成本，机会成本，知道这样做对大家更有利，那就以“有利”为前提行动。“为大家好”是不会被挑出毛病的话，所以底牌他们始终会无意识地握在手中。这不是伺机的准备，理智与情感从来不是能被后天训练的，它与生俱来地决定一个人是走得进退有余，还是山穷水尽。

所以说，她当然喜欢，迫切地喜欢和向往着能朝那样一种思维方式去靠近一些，不喜形于色，不会傻愣愣地笑，不会忽然整个人变得粉红——是肉眼可见的粉红了喂，底牌始终公布，一颗红色的心 A。所以她早早地就没有出牌的权力。

我去扯了扯他的袖管，问说：“没有好的场次了？”

他说：“是啊，二十分钟前刚开场一部。看么。”

我说：“二十分钟？啊那算了，不看了吧。”

他说：“行。”

〔11〕

全文虚构。

〔12〕

瓦特纳冰川是冰岛四个冰川中最大的一个。维基百科上说：“瓦特纳冰川面积达 8450 平方千米，其位于冰岛东南方，覆盖了冰岛约 8% 的面积。厚度在几百米到两千米之间，是除南极和格陵兰之外世界最大的冰川。”

在抵达冰湖之前，她是先靠近了冰川的。

那时车刚刚从平坦的南部草原自西向东掠过，她身后追着紫色的大团雨云，一旁跟随金色的阔野。等天色逐渐暗淡，慢慢地不久就会路过冰川，而冰湖就在冰川其中一支冰舌延出的地方。

但真的“路过冰川”时还是吓了一大跳。看地图上只是一大块白色，像小孩子恶作剧式地在上面挤了一大团白色修正液。真正能够看见什么，能够以怎样的形式看见，能够看见多近，或者多远，她都毫无概念。只知道在蜿蜒过了长长的路后，前面是高耸的石头风貌的山，山腰以上缠绕云絮，再往前，一旦驶过了山，左侧的景色忽然“哗”一下似的散去，急速地往后退成一大片深蓝色的空旷，毫无遮挡地，世界在一边被抹平了。再定睛看，不是深蓝色，是长夜渐深后的光。于是在那一大片空旷的深蓝色后面，是一整条横贯了视野线的冰川前锋。白色，林立的雪尖，层层叠叠密密麻麻地守在那里。她一时没有明白过来，只被这忽然遭遇的景色吓了一跳，打开车窗，从遥远冰川上吹来的风立刻让人清醒了，她的车上了一座桥，桥身嘎吱嘎吱地响，她觉得自己的意志也在嘎吱嘎吱地响。

冰川——其实也只是它某个局部的一条侧面，就这样贯穿了地平线。只在两端守了黑色的山，冰川是从它们之中泻出的。

“冰雪所聚，积而为凌，春夏不解”。

她的车保持敬畏的高速，但那条被冰川弥望的平原，还是花了很久才驶离。她忍不住地频繁朝车窗外看，看一会儿又觉得恐惧，始终在远处一览无余的到底是冰川，还是对冰川而言更加一览无遗的自己。它成为一场无言而伺机的等候，眼睛在地平线上淡漠露出，白色的眼睛，目睹你既被它吸引又被它威吓。

〔13〕

后来她也试图走得离冰川近一些，除了冰湖以外，有许多地方都可以靠近它，甚至走到冰舌旁边。两侧皆为高山，中间的峡谷中挤出纯蓝色的冰，依然是波浪状，宛如被按了暂停键的活物。冰川始终是在运动着的，以对人类而言既快又慢的速度，一年内，五年内，缓缓地削开山脊，缓缓地倾入平原。所以走到最近处可以看见它的先头部队，也是蓝色的如同鲸鱼高高地挺着额头。从1月，到后来的7月，两次她去看了同一个地方，拿着1月拍摄的照片，想要比对到7月时，冰川挺进了多少。

1月到7月已经过去有半年了。半年内该发生的变化都会变化。

〔14〕

有一天，出差的路上，她给他发短信。手滑了，短信全文只有一个句号。那会儿她还真觉得就是手滑。

句号。

〔15〕

中间好像发生了什么，又好像什么都没有发生。一切只有开端是鲜明的。开端在两年前的冬天，小区草皮湿漉漉的，鞭炮的硫黄味炸得一地鲜红，她为他玩了五分钟的捉迷藏，又在五分钟后去自投罗网。随后的过程和终点都像被削得过于仓促的竹子，几乎没有人发现是怎么在短短的时间内就成了一根竹签，连声音也发不出地就断裂了。

这种事好像也不奇怪，人和人之间会滋生出怎样既复杂而简单的关系一点也不奇怪，然后一步计算错误，答案就直接归零。好比拉链契合了前面一长段，到了中途照样可以出错分开。她对这个结果不惊讶，没多久她就感觉得出自己过于主动地将地位调得不对等，让对方手里塞满可以赢尽的牌，逼得他去摘取一次不在计划中的胜利。她还觉得这是好事，这是无私奉献。虽然不惊讶，但还是——连叠叠木是什么时候坍塌都没有发现，再看已经是一堆零散的错落，仍旧会特别沮丧的。

他拿筷子的方法不太对。但她也不怎么标准。都说是两家父母各自没有教好，然后边吃饭边哈哈笑一阵。

他说他以前有个室友养过蛇，他曾帮忙去买过老鼠给它做饲料，接到任务时搞得自己也有些心慌。她在一边说蛇啊？老鼠？！谁知道是不是演得夸大了一半。

他们吃饭时不坐面对面，也不坐同侧，坐成直角。

那个仅由句号构成的短信他并没有回复。

所以无法判定，是哪一步里，是哪一根木条被抽走时，游戏结束了。结局的昭明于她是延迟的，也许延迟了一天，也许延迟了一个月。到底是哪一根木条，一会儿她觉得必须再好好想想，一会儿她觉得不行不能再想了。结束了就是结束了，自己不也说了还是游戏么。

〔16〕

提问时间。

——并不是我们始终喜欢同一种人，而是始终喜欢不可能的人？

〔17〕

去走近冰川。

开过一片长长的黑煤渣似的路，然后停下来，平原到此结束，前方是正在对峙的冰舌前锋。中间的低洼隔了看起来浅浅的水，黄色的水里睡着未融的残冰。车没有办法再往前了。她下车，自己朝前走，试图滑到大约两层楼高的低洼处去。很远的地方正在发生冰川的坍塌，持续不断地响起它们拟造的动静。

空气干净，没有风，耳朵里极其细微的嗡嗡声却恰恰是因为没有风。平原和冰川都在互相克制，也许吧。也许平原早就接受了被剥夺的未来，也许吧。冰川从不急于完成侵略，它相信来日方长，也许吧。至少在此刻，它们对于一个人类所需要展现的，就是安逸的共存而已。

〔18〕

一年后——或者两年后了？她突然看见他在朋友圈里发了一条状态，文字写说没有车了，困在机场不知道如何回家。晚上十二点了吧，那会儿。

她原本坐在电脑前刷电视剧，总是百无聊赖的，看到那条消息的时候，大概过了两分钟，她开始换衣服，找手机，拿钱包，一路走到玄关摘下一旁挂着的车钥匙。到这会儿停止了，短短的几秒里，一丛火燃烧起来又因为氧气耗尽而熄灭。她站了会儿，把钥匙挂回去，放下钱包，手机扔回电脑旁，重新换上睡衣。电脑长期没有运作，一会儿就暗了屏幕，一下照出她的脸，漠然极了的脸，已经下了牌局的脸。

真的不能。不可以了。不能这样做。不理智，不理智，不理智，不理智后，总该有一次理智。

所谓的理智到底是什么呢，有时候她也常在想，自己所喜欢过的那些虚构人物，支持他或她理智的原动力到底是什么。是怎样的步骤，让他们能清晰地区分“对”与“错”——到这个地步了，还有“对”与“错”作为评判标准存在。和从一早就把他们抛到九霄云外的自己截然不同。是怎样的方式，让他们可以始终保持走在笔直的大路上，不像她转念就上了狭路，上了歧路。他们那个固定的温度是如何维持的，从不失手。她觉得这样真好啊，能做到这样真是太棒了，无后患。

大约过了一个小时，她又刷新了一遍朋友圈，看到他也许点错了答复的人，变成自己在评论，他说“啊谢谢刘总，但我现在已经上车啦”。

〔19〕

她始终没有真的走上冰川去。很多地方都在组织类似的活动，付点钱，然后由专业的向导领着游客装备完毕，走上冰川去观光。也不是百分之百的安全，在她到过的一处冰舌旁，山脚下的岩石上镶嵌着一枚还算新的铜牌，上面写着纪念几年前曾经在这里失事的两位年轻德国游客。回去后她上网搜索了一下，读到类似的消息，两人是因为滑下冰川中的冰缝而遇难的。

她没敢，绕着蓝色鲸鱼高高昂起的脑袋转来转去。一阵急雨忽然来了，车停得太远，她来不及躲，就只能被淋得湿透，好在雨过去后又射下日照，她决心一直在这里坐到衣服干透为止。

空气还是嗡嗡的，凝固在一次冰川的突围里。它还是一如往常地锋利。

离开冰川，车开到一处加油站里，她顺便去旁边买面包，也上个厕所。从厕所出来她捏着手机，网是通的，信号也有，所以她毫无障碍地收到了来自旁人的消息，说他在下个月结婚，说新娘追他追了很久，直到有一次真的打动了他，哪一次，他出差归来，深夜才到机场，没有交通工具可以回家了，女孩便主动去接他。他在机场见到对方时，终于被感动了。

她握着手机走出来，绕着自己的车走了一圈，跑过泥地，跑过积水，跑过煤渣道，已经脏乱不堪。她还从来没有试过去洗车，瞥到了在一旁成排的水龙头，水龙头上绕着长长的皮管，皮管那端接着一个带扫把的喷水口。她觉得可以试试自己洗车。解开皮管，打开水龙头，长而扁的扫把便喷出同样长长的扇形水花。将车绕了一圈打扫完毕，再举起扫把，阳光下它到哪里，哪里就是彩虹。她手里就提着那么一条小小的彩虹。

很好玩的。

不骗你。

〔20〕

全文虚构。

〔21〕

冰湖上纷飞着不知名的海鸟，有时候它们的鸣叫声能传得很远，很凄厉。但海豹（海豹？或者海狮？）则悠然自得地在湖面上游戏，忽然从浮冰下露出小小的脑袋。会觉得“不冷吗”，伸手去摸湖水，课堂上早就学过嘛，冰水混合物，零度嘛。

她和高中时的闺密约了地方吃饭，到了那儿才想起来，之前她因为留在家配合维修煤气时，他就是坐在这里等待的。二楼，看下去是熙熙攘攘，市中心热闹的马路，梧桐树遮挡了一半，还能看清对面知名熟食店门外排的长长的等候队伍。他看的是这些吧。

有很多地方可以观看冰湖，旅行团带领去的地方是最基本的，但自己也可以摸索到冰湖另一侧，爬一个山坡，再下去，便是另一派开阔。她忙着搬运器材，又习以为常地躲雨，来来回回跑几次，就累得气喘吁吁了。拍的照片里，看得出浮冰在缓慢移动，朝远离她的方向。

后来MSN也没有了，她换了两个手机，换了两次电脑，所有过去的消息再不能重温。

还能记得的是，他跟她开玩笑说小时候两家的父母说要给他们订娃娃亲的。

开玩笑的吧。

天晴的话能看得很远，但雨天会更美一些，她老觉得冰湖就应该在阴天雨天去观摩，晴天所有浮冰都是精工的雕塑，任由阳光玩转里面的细节。但阴雨天里一切的情势都不同了，它好像一个带着很深很深心愿的人，真正的目的隐匿在云后。只推出寂然的蓝色的冰，一点点送它们入海。

完全是她喜欢的那样。

〔22〕

往前看，喜欢一个人时，忽然跳上火车去对方的城市也没有问题，十七八岁时；往前看，喜欢一个人时，大晚上的从北京西走到东走了整整四个半小时也没有问题，完全不想松开对方的手；往前看，喜欢一个人时，拿出当时所有的工资再问同事借了之后两个月的工资，得特别装成“不是我干的”样子，自说自话替对方买了一件电器。往前看，一瓶酒干到了底。

往前看的时候，他也在那里了。2月14日发第一条消息，两人还在调侃所谓的情人节其实是世界癫痫日嘛。癫痫是啥。抽疯嘛。

〔23〕

不理智。

不理智。

〔24〕

晚上回到宾馆，她倦得一下子就睡着了。什么也没有梦到。第二天起床后，会遇到什么。随后都是雨，昏暗的雨中猝不及防从路边跃出的一只羚羊，吓得她浑身一激灵。遇到一个损坏的加油站，她孤立无援地站了一会儿。遇到朝自己倒塌而来的风。遇到山谷，土石和雪分层融化，像巧克力和牛奶做的夹心雪糕。下一个宾馆里遇到同住的客人，还没见到人，门前一双脱下的登山靴，残留着一天的战绩，脏得很了，鞋带从原本的黑色变成土黄色，鞋面看得出因为湿了干彻底硬邦邦，鞋一只倒着，一只站立。

她顺手就蹲下去将两只并排放好。根本不是她一贯的性格。

ICELAND

一丸泥

CHAPTER 05

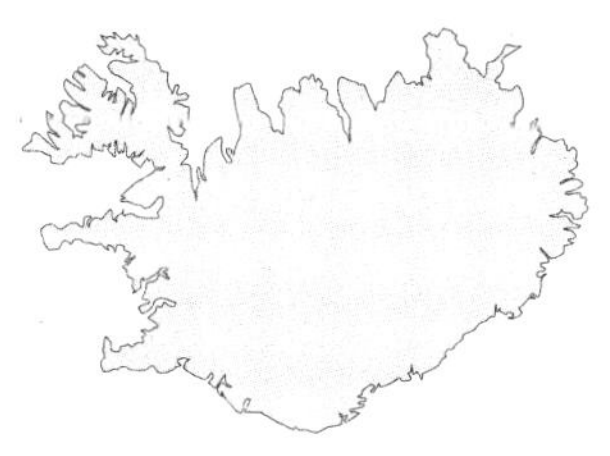

〔1〕

累，走在路上就想倒地一躺，不动了，真不能动了。

〔2〕

后来那天我真的哭了，车深陷在路边的积雪中，油门踩到底也开不出来，只听到它发出一连串声嘶力竭而徒劳的声响，然后闻到一股失败的焦油味。车身轰轰地颤抖，车窗上的积雪震下去一些，我停在这里才多久，已经有了厚厚一层雪。

我并不是出事的那个瞬间吓哭的。出事时的确害怕，从艾吉斯塔迪市离开的时候，没想到会遭遇真正的暴风雪，原先只是稀稀落落的雨水和雪珠，车拐个弯后，几秒之内窗外完成了一种进化，眼见它们从普通的无生命升级成为某种有生命有意志的事物。铺天和盖地，画成决绝的直线将你的视野筛得不余其他，重重的雪花子弹似的砸在窗户上，世界是个灰白色的拳心，它将我和我的车攥在里面，我感觉不到它是善意的。车身在路面上左右摇晃，路结了极厚的冰，始终和我争夺方向盘的操纵权，始终是它赢。我果然缺乏经验，只想着要快点穿越这暴风雪，快点，快点，这么密而凶狠的风雪我不想在其中多停留一秒，但只要稍踩油门，就发现车速快得可怖，试图减速再踩刹车，而一踩刹车立刻开始打滑，在路面上大绕着“S”字。

太害怕了，太害怕了，太害怕了。那也许才短短的一公里，被我开得杀机四伏，却毫无办法，唯有想着尽快熬过去，撑过去，滑也要滑出去，挪也要挪出去，不要被风雪掩埋。它下得那么重，和过去总觉得它是从高高的天空上坠落下来完全不同，它是被压缩在这个白色的山坳里，好像就从我头顶生成，它在随处生成，只要有风，它就能完成自己的循环，所以根本不会减少。

就在我心脏快跳到极限时，迎面一对车灯忽然从风雪里闪出来，我措手不及，一转方向盘后就知道完了——车直接冲下路基，向前一直滑了十几米，才在积雪中停了下来。停下来后就再也开不出来了。

啊……欸……

我慌张地下去检查车况，方才那辆车也停了下来，两位当地的女孩子走下来，询问我有没有受伤。我表示自己还好，但车却遭殃了，问她们有没有那种可以帮助车子拖出的绳索。她们摇摇头。这会儿又一辆车慢慢地驶向我们，然后停了车，车里坐着一家三口，男主人问出什么问题了吗，我向他求助，车深陷在了雪里。他表示能看一看么，我打开驾驶座车门，又很窘迫地把原本堆满了杂物的副驾驶座稍微整理一下。男主人坐了上去，她的妻子和先前两位女孩子与我一起，试图到车后方推一把力，可终究还是没有用，车抖了几下，腾起一连串的黑烟，纹丝不动。

男主人下车说可以为我拨打求救电话112，到时候会有人来救我的。

我还是非常不安，询问他们知道我的确切地点么，男主人说他会转达的。

我问大概要等多久，他想了想，告诉我大概二十分钟至半小时吧。

我稍微平静了些，忽然又想起另一个也许不合时宜，却至关重要的问题，问他急救队会向我要求收费么，一边心算自己信用卡还有多少支付额度，算得满是绝望。

幸好他说不会，这类救援都是免费的。我特别俗套地松了口气。

就这样，他们在我连声的道谢中挥着手驶离了。我回到车里。刚才在室外站了那么一会儿，整个人已经被雪盖了一层。也是在外面才更看得清，这个山坳，现在如同一个白色牛奶瓶，它装满了绝对权威的雪，我就是里层瓶底上一颗无言的灰。

这是发生在第一次去冰岛时的1月，行程的第五天。（还是第六天？）却也不是第一次出事了。

在旅途的第二天，早上，我从首都雷克雅未克离开，开始了真正的自驾旅途后，那会儿一直极度兴奋，老想着把车停下来，停下来后就去看风景，自驾游方便的不就是这一点么。老天也始终一把稻谷一把稻谷般地撒在路上给我以引诱，只不过它的稻谷沾到泥土就融成紫色，粉色，与金色，将路两边的群山染出穷极你所有词汇的景色。

那会儿我真有些得意忘形，在路上开开停停，由于通往“黄金圈”景观的路多少还能见到车来往，等一辆观光巴士出现在我身后时，为了给它让位，我自己主动地开出了主路，停在了雪地上。要不怎么说无知者无畏呢，我还下车乐滋滋地按了几百个快门，等再回到车上就发现，原来这层积雪的厚度，已经差不多快埋住我的车底盘，根本没法儿开出来。就这样，旅程刚刚开始，我就这么找死地跳进了一个大麻烦里。

车轮在雪地里费劲地刨了一个大坑，后视镜里看得见被甩出的碎雪块混着泥，它像吭哧吭哧的老牛，可力气施得再大，移动的直线仍旧距离为零。我在车里干坐了一会儿，翻出一份急救手册，给那个112急救电话致电，无奈说半天也讲不清楚所处的具体位置——我不知道我究竟陷在哪儿，“总之是从哪里”“通往哪里”“的路”“的中间”“的某处”，天知道接线员听明白没。

我不抱过大希望，开始在路上拦车求救。还好这条算是主干道，能遇到一些来往车辆。停下来的第一辆车，高大的男生脱了手套趴在地上，就这么徒手帮我把埋在车轮下的积雪挖了一半，车却依然开不动；第二辆车的夫妇俩，一个帮我开，一个和我一起推，结果如上；第三辆是小面包车，那会儿我已经放弃了在路面挥手，独自坐在车里发呆，也不害怕，只是看着如画的群山发呆，觉得总有办法呗，哪儿来的自信让我并不害怕。随后那辆面包车停在了我旁边，副驾驶上的男生冲我招呼“你没事吗，要帮忙吗”。

我赶紧下车，告诉他们，车陷进去啦。面包车门打开，下来四五个人，其中一位从车后座找出一条极粗的绳索，然后他们开始熟练地分工合作，研究了一会儿，一个将它系在了我的车屁股上，一个在面包车上系住另一头，一个上了我的车代驾，就这样，靠面包车发力牵引，我的车总算从雪地里滑了出来。他们又如同来时那样利索地收工，告诉我是前面某个旅店的员工，要是有空的话，我可以去那里喝咖啡。

就这样地，头一遭的“出事”，算是顺利地解决了，整个过程里我都不曾真正地害怕，满心都是“不会吧……”“总能解决吧……”“没事的啦……”。大概得归结于当时的环境，朝日下一望无际的金色的雪山，它们一层一层地向天际连绵，然后渐隐在云中，云是粉色与紫色的，路在其中坦荡地画出黑色长线，一切都恢宏得不容置疑，美丽得不容置疑。它已经将这个世界可以见证的某种极致打开，愿意让你望一望世界尽头的心脏。视野不再是被重重的楼宇遮挡，只有作为人类的生理性极限让你再也无法看下去。

所以，“肯定没事的啦”。

因此第二次出事时，我才发现自己先前曾暗揣着的所谓信心压根不属于我，它听命环境的安排，只要天变个脸色，它便一把沙似的被吹得半点不留。

在等候救援车辆到来的半个小时里，风雪忽而小一些忽而又恢复了强劲，我独自坐在位子上听还在播放的歌曲。一首完了又一首。可以看到车前盖被刷得渐渐雪白，再打开车窗透口气，顷刻间冷气便携卷着雪片飞了进来。车窗外还是那个牛奶瓶底，有谁的一只手提着似的，偶尔它晃一晃甩一甩，于是满瓶的雪又这么打着圈儿，腾空再落下。

车身略微歪斜，灯照着前方，雪珠砸得噼里啪啦的，隔着曲声还能听见。还是偶尔有车辆经过，其中两辆车开到我身边时都停了下来，问我需要帮助么。我说，我在等待 112 的救援，他们比了个“祝好运”的手势离开。

也遇到一辆专业的铲雪车，应该是冰岛在冬天里的必备设施之一吧，从没见过的庞然大物，车轮比我都高出许多，前面推着一只同样巨大的铲子。它来时，整条路面都在发抖，离我越来越近，那一瞬我都怀疑该不会司机在他的位子上看不见我，直接把我的车一铲铲飞出去吧。当然是没有，但路过时仍然感觉我的车身受到“哗啦”的一下重击，它被铲车铲出的积雪狠狠地那么扫了一下。

继续等候着，看暖气在玻璃上起雾。再试图看天。大雪中没有“天”这种事物的存在。肩头和帽子上的雪珠居然还没有融化干净，想刮进嘴里尝一尝味道。歌曲放到下一首了，是音乐厅现场演唱版，能听到掌声。

然后就觉得鼻子很酸。喉咙也发堵。有一点点眼泪等在那里了，但事实上它不需要什么切实的理由，它想流就可以流下来。

〔3〕

是啊，很愉快，很满足，绝对很棒，棒极了，不能更好。

但也会害怕。害怕完了就累得无力。有时候真的非常无力。

连同最愉快，最满足，觉得最兴奋，最棒的时候，这些时候的背面，衬垫在底下的，犹如纸杯蛋糕下那一层白色的油纸，它不是蛋糕的构成，但却属于蛋糕——愉快的同时也无力，满足的同时也无力，无力像包裹一个蛋糕那样垫在知觉的最底层。

〔4〕

曾经摸到了彩虹。

应当是在3月那次，完成环岛，一路开回首都去。前方骤雨，后方开晴的天气，让沿途架起五六条彩虹，攀比似的挥霍，它们过山顶，过湖，或者过一户人家。后来把车开往一处沙滩。绕着巨大的礁石绕了一圈。路到前方断了。下去找路的时候看见几乎就在十几米外挂出了双层彩虹。

跑去，试着够一下。

彩虹是什么手感。

该不会是毛茸茸的吧。会不会在摸到的瞬间我就“嗖”地消失了，然后出现在另一个时空里，成为一片叶子上的一滴水，水被几百米高的大象擦落，大象们踏过所有真理。

在达尔维克坐船出海去看鲸鱼，眼见一片雨云浇过了山头，就要到了，就快抵达了，船员们都非常有经验，给拿着长枪短炮的游客们专门发了一个镜头用的防水袋。

都说这里是鲸鱼们聚集的地方，船的高处有人瞭望，游客也跟着一起，等候了挺久，直到“五点钟的方向”声音一落，船便掉头加速赶去。鲸鱼始终没有露脸，但最接近的时候能看见它大片的青蓝色背，和那个气孔，是个凹陷的洞，看着还是会觉得有点疼，它喷出水柱，然后悠扬地甩出尾鳍，两片大大的叶子，讲解员说，这意味着它已经深潜到水下，暂时不会出现了，我们得再等待寻找。

前前后后来了四条，我的相机湿得差不多了，回程时云已经散去，风浪不复来时的湍急。

其实之前在驾驶过东北角的无人区时，也看见了鲸鱼在嬉戏，因为不是热门景点，没有他人打扰，它们玩耍得很开心。原先只不过察觉路一侧的山崖下，海水里有几个小小的旋涡，等仔细再看便发现是两条鲸鱼。

记得那条路，过了一个很陡峭的山崖后前面一个名为bakkagerdi的小村落，总共十几户人家。而山崖上竖着一副十字架，纪念为了修葺这条小路而牺牲的人们，一旁配着照片与说明，有一幅黑白照片里，两只驮着工具的山羊与跟随在它身后的工人，几乎是半悬空地踏在山壁上，过了几十年，它终于变成了能容一辆车经过的，虽然泥泞不堪，布满落石，但毋庸置疑是一条真正的路了。

还有什么呢，火山，瀑布，有些留给小说里去写。我在那里满脑子想的都是小说的内容。记得写他（她）怎样从雪地里拔出腿来，靴子打滑，阳光刺眼，经雪地反射更具杀伤力，他（她）站起身，看山脚下热能厂笔直冲天的蒸汽柱，冰天之下雪地之上，它们明显比自己更像一个活着的人，那时的无力感一如巨大的半透明的纸，托在知觉里。日常意识不到它的存在，只有忽然出现心理上的坠落时，才在触底的刹那发现，它始终垫着，从不曾消失。

物理窥开后，人情照破时。
能将函谷塞，只用一丸泥。

〔5〕

这阵子是真的累，忽然所有的工作都来了，堆积在一起，天天要给自己做心理建设，强迫自己轻松地去想，先完成这个啦，其他的再说啦，啦啦啦，没事的啦，啦啦啦。工作中的许多项也包括写这一本书，写是一方面，准备图片是另一方面，一万多张图片里筛选出四百多张，还得做照片的后期。其他工作也没一个是轻松的，有时候“从一万多张图片里挑选四百张”反倒成了我用来放松和喘息的一项调剂。

有天在回家路上就觉得不对劲了，提不出一点力气，周五傍晚，回家打不到出租车就坐巴士吧，等入了座，可以清楚地感觉到身体里的力气流得差不多了，毫无斗志，没法动脑子，一动脑子铺天盖地的“要失败了”“被否定了”“竹篮打水”，一点好消息也没有，刚刚结束的会面上，所有付出又变得一文不值。没有熟络关系的外人必然更考虑时间成本，哪儿来空余跟你先铺垫一番，先给颗糖，先客套两句，不会，开门见山的皆是批评。我还得努力表现得不动摇，好的好的，我去修改我去调整包在我身上啦，啦啦啦，可以的啦，啦啦啦，我很坚强的，击不垮的啦啦啦。

下车后走回家，推开门的刹那就跪在地上，然后一直爬进卧室，压上床铺后立刻一动也动不了。人硬邦邦的，晚上七点半，但我脑子里是结冰似的，一层一层，几秒内迅速交错，分子的活动越来越慢越来越慢，最后它们既冷且硬地停止了活动。

我动弹不了，好像之前所有的坚持都过了临界点，城墙高一尺，巨浪高一丈。巨浪已经到了，跨着大结局般的气场到了。就这样一动不动地沉没在床上，累从心理开始，得到生理的高度配合，一个说“你没有力气吧”一个说“你没有力气了”。而心理这家伙学过点遣词造句似的，它用“无力”这个词语。

没有力气，身体上的。

无力感，心理上的。

到第二天，依然没法起床，一直躺了近四十个小时后，想着不行至少得干点什么啊，但身体还是绑着无形的绳子，不想动，没法动，不想起来，不想做积极的事，不想做个积极的人。让我意志消沉下去好了，强行地振作起来到最后也无非是把残留在竹篾上的碎布撕得更彻底，风筝一头就要栽进淤泥里去。

它没有力气了。

你有没有过类似那种，手怎么也握不住，松成一个枯槁的残圆，然后便什么都抓不了，留不住，就想让它们就这样从自己手里松绑吧，挣脱吧。我都不想再要了，没有力气啊，病理性地没有力气，手指想要发力，但身体隔着什么阻碍了信号的传递，身体说，它不觉得想要。

它只想找个地方躺下来。躺在白色半透明的，带褶皱的纸上。

〔6〕

北部的风景在我的记忆中是更胜其他地方一筹的。大片冰封的湖面，仅撕出一道伤口似的黑色裂缝，再往后的日子里，伤口不是逐渐愈合，而是恰恰相反，伤口成为新生吧。浮在海面上一块巨石，据说是很早以前禁锢犯人的地方，它的四周环绕淡紫色的雾气。雪没有化的时候，山像蛋糕师傅们用奶油裱出的一般光滑和柔软，我们尽管做贪婪的蛀虫，在里面凿个不停。蓝色与白色，蓝色与白色，蓝色与白色，凿过这个山头，忽然是彩色的镇子。冬天时所有道路封闭的话——我老在想，那镇子上的这几十户人家怎么过呢。

我要不要将来也搬到这里生活。躺下来，看这里的天，看它忽然大团大团地下雪，忽然阴云密布。

〔7〕

说极光吧，已经是最后一则了，但还没认真说过极光。

第一次去冰岛时就看见了。晚上投宿在南边的农场，那天的夜是晴朗的，心里一份膨胀的自信，告诉自己我能见到，并且一口咬定，我能见到。九点半收拾完毕就上了车，开出门，起初挺没有目标的，一直往前疾驰，时不时把车窗降下来，看一片漆黑的夜空里是不是出现了可疑的色彩，眼睛瞪得酸涨不堪。车开了很久很久，从黑暗里寻找着方向，再改变念头，想想还是往回开吧。世界三面，海，天，和山，以危险的沉默衔接，黑得各有章法自成一派。就这样在外头盲目地开了一个大圈子后，返回到农场的入口处，车停在公路旁，开始等，就是这么等着而已，凭内心一个掷地有声的念头“肯定会有的”。偶尔有车辆路过，在相机镜头里托出长长的黄色线条。

先是看星星，然后眯起眼睛，发现一侧的山上笼罩着些不同寻常的云彩，很快就意识过来那不是云彩，是极光。

第一次。

在旅行结束的那天，出发去机场时看到了第二次极光。那回的守候弄得够呛，既冷又要担心航班的起飞时间，在路边瑟瑟发抖地抱着相机。

但更完整而刻骨铭心的还在后面，3月里第二次去冰岛时。有了之前的经验后，准备会更充分，并且看到新闻说太阳出现强烈的耀斑爆发，而那应该是影响极光强弱的重大要素。极光本身不是那么罕有的事物，但能否看见强烈的极光则全凭运气，同时依赖当晚的天气，阴天、下雨，只要有云层遮挡基本上就宣告了失败。

那几天北部都放晴，到了夜晚天空干净得如同少年的心，我旋即认定了“今天，就在今天，我一定能等到，绝对”（一如既往地，果然是很好用的一招，真觉得极光会出现，它就会如期出现）。老规矩，入夜十点，将车开出阿克雷里市外。守候地是白天来时已经侦测好的，对面是雪山，山下一片镜子似的湖水，雪山与湖水都是映射极光最好的背景。天一点点地黑了，十一点，也许将近十二点，我虽然穿得最厚实，但入夜后的室外还是很冷，加上好死不死先洗了澡洗了头，脑袋冰得痛苦不堪。

大约在十二点时分，山的对面出现了什么。

啊……

极光原来是这样生长出来的。

它这样开始。

它从那里发生。

我使劲地揉眼睛，凝视对面雪山顶上——首先是微弱的一小丛，好像有人在那里朝天打了一束手电，又或者是点燃了一丛的火把，极其微弱的光。接着，它一点一点地，一点一点地，朝天空上攀着，它进入生长阶段，魔法开始正式生效了。

我想世界从来没有打算为了我们人类而发明极光，正如从来不是为了人类发明风暴发明彩虹，但为什么我们会为它大肆地动摇，去追逐一个从来也不曾注意过自己的事物，要在其中加码自己的幸福感，等到所有砝码都重重地押上天平，在那一端变得如同不值一提的，结果仍是自己，一边幸福一边为此而无力，天平始终不会平衡。

极光宛如一股注入黑夜的颜料，不能完全融化，只是搅拌后客套性地渗透，因此丝毫无损它的浓烈。它将天空分开，当年摩西是怎样分开红海的呢，不容置疑地分开，似乎路一直都在那里等待他，极光也是如此吧。而所有的形容，比拟，明喻暗喻依旧是我们人类用自己发明的幼稚文字，试图去分析，它似颜料也好，似帷幔也好，似灯柱也好，我们总是想用自己的说法命名它，对于拥有不了的事物，记得谁曾经说过，就以为它命名的方式，好像从此我们就拥有了它，就可以亲近它。我们走到哪里，哪里就得建立一座囚牢。

极光缓慢而切实地移动，从山顶，向天际的另一端延伸出去，我知道它过了山头依然绵延，但仅仅我头顶的天空便足够被它吞噬或玩弄。极光从来也不属于我们，给它多少名字，辅以多少形容都没有用，它不会属于我们。它愿意短短几秒之间便绽放，都是它的意图，湖面被点亮了，雪山被点亮了，释放出与有荣焉的色彩。而此刻我仅仅是一丁点的黑影，守在湖边，帽子下是半湿的一团头发，压根与极光没有关系，隔了三千世界那样地观看着它。看它如何似虚，如何似实，如何冲破，如何迂回，看它如何智慧，看它如何无辜，看它忽而挑战起词曲，忽而挑战起逻辑。

从最初的一道灯柱开始，过一会儿山顶又亮起了另一道，第二道极光出现了，慢慢在天空中酝酿自己的形状，花苞似的——我所能想到的便只有花苞，以人类的眼光，人类的角度，人类的局限想象它。而花苞旋即散开，直线状的比之前更快地散射开去，在天空中涂出无拘无束的一片。紧接着出现了第三道，第四道，宛如有季节的号令，军队扬着自己的旗帜在山顶集结。我想这应该就是极光爆发起来的样子，人感觉到近乎束手无策般的幸福，幸福感大量消耗着我的脑力甚至体力，在湖边长长地呼吸，感觉身体一点点地失去能量。

没有哭。

但很想很想。

物理窥开后，人情照破休。

止堪初看望，不可久延留。

〔8〕

桌子上堆得乱七八糟，至少两个星期的碗筷了，每次打算整理一下又迅速泄气。把这本书写完会轻松一点吗，似乎也无法保证。时间并非不够用，而是始终没有真正有效地利用起来，大部分时间都消耗在不知对手是谁的拔河里，看红色的信标毫无规律地忽近忽远，又瞬间远去。像那天坐在驾驶座上等待救援。

过了大约半个小时，我看见了，一辆涂装明显的救援车辆出现在视野里，我飞快地跳下车向他们挥手。两名工作人员到位后开始工作，他们在两车间系上拖拉用的绳索，一个上了我的车协助发动，另一个上了救援车踩下油门。却偏偏我的车陷得太深，只见这辆普通级的救援车使尽全力，四轮在路面上不断打滑，发动机尾气的黑烟哮喘似的一阵接一阵地咳出，到最后连绳索都“砰”一声扯断了接头，境况还是没有改观。

路过的车辆纷纷停了下来，三四辆，从上面下来年轻的男士或者中年的男士，出谋划策协作帮忙，有人趴到我的车后方，用力地刨出积雪，有人则自发地推车。紧接着，一辆被呼叫来的专业拖车慢慢地登场了，它拥有极高的极大的四个轮胎，驾驶员坐得高高的，换了它来拖拽发力。于是很轻松似的，当它的轮子朝前扎实地碾过半圈，一圈，绳索绷紧，推车的路人们开始一起喊口令，旋即我的车便轻快地脱离了雪地，滑上了路面。

我只来得及和帮忙的人们简短地道谢，他们重新戴上手套戴上帽子，又消失在了风雪里。路面恢复成先前的漫漫寂静。

让车继续向前开，是山坳，是浅溪，是灰色的雨水下在蓝色的草坪上，我一点点回想着刚才那并不漫长的一个多小时，一个多小时里，如何开始的，从转过山头进入暴风雪开始的，如何结束的，从转入山坳离开暴风雪后结束的。

我用力捏了捏方向盘，没有结冰的路面，它回归到了我的手里。

先前积累在外套上的雪粒全部融化了，整个人沤着一层湿气。

我忽然转过车，停在无人的路口，也不干什么，就是想停下来，透过车窗看面前的峡湾，浓重的雨云里忽然睁开了个眼睛，露出对面山谷绝世的寂静。

力气用得差不多了，得停一停，停下来。

〔9〕

有生之年，很高兴自己去了冰岛。让我在那里觉得什么都是好的了，失望感，紧张感，幸福感，激动感，恐惧感，都是好的。空虚，失意，亢奋，欣喜，散漫，茫然，都是好的。连那层不会消失的无力感也是好的。它既好又美丽，活生生的。它告诉我，我所有一切情绪加到一起，也胜不过撞在车窗上的一粒昆虫残骸，因为天地太宽阔，我穷极此生也无法摸到它的任意一条边缘。所以能伸手够到一次彩虹，见过几次极光，已经很好了很好了。能回头去继续苦恼自己的无用琐事，也是很好很好了的。它很温柔地劝我，电影台词似的告诉我，所有相遇都是难得。

诗人说，“醒悟正如空手走下山坡”。

〔10〕

那一天的极光持续了两个多小时，到最后居然因为时间太晚，而我真的没有力气了，等不及极光完全结束，就驱车离开，感觉自己实在太奢侈。从车内的后视镜里，还能看见黑色里一团绿色的海藻。

回到宾馆，把头发吹干，把脑袋吹得热起来。第二天一早被阳光摇醒，也是淡蓝色的阳光。从阿克雷里驾车离开前在市内小小地转了一下，有了城市的感觉，有商业街，有几家银行，有快餐店，有一大片的住宿区域，楼房十几层，白白的长方形骨牌一般，栏杆刷成五彩斑斓来区分。

随后那夜，停留在米湖，等再之后便要朝艾吉斯塔迪市进发了。会遇到之前的旅程里，因为封闭而没能踏上的路段，也会遇到之前的旅程里，冲出路基陷进雪坑的路段。

抵达的时候，山谷里灌进浓雾，这次不是明目张胆的暴风雪了，是含蓄的雾。先前在手机上查阅路况时就看到了浓雾标志，真的进入时，也不过是刹那之间，车一下失去了视野。能见度八米或十米，我把车速放得很慢很慢，打开雾灯，一点点朝前推进，像谢绝一项温柔的邀请，无法表态得强硬点，只能同样局促地用眼神示意。

好在路面是干净的，没有积雪，也没有风的推波助澜，只是整整一个山谷的雾气而已，每十几米揭露一个谜底，旁边是河流，旁边是农宅，旁边是山，旁边是路牌。

到达某个地方，我将车速降得更慢，因为凭感觉——只能凭感觉了——应该是抵达了当初正好出事的地点。应该是在这里。骤风与烈雪，对面忽然杀出的车灯，我的车一下子滑到那儿。现在能看清一点了，成了一片黄色的草皮，像猫似的，被雾气沉沉地抚摩着。

大雾天，没敢把车停下，继续往前开。同样的地方容颜尽改，一半的雪已融化，和周遭一块儿变得迷蒙，摇下车窗，万籁俱寂，雾气将所有声响都吸收走了。于是仿佛连我的行踪也是蹑手蹑脚般的，轻轻将车向前滑动出去，不敢发声，心里还揣着隐约的恐惧，怕一切原来只是伪装，薄薄的塑料袋厚度的伪装，在雾的背面，一旦打破了它，就会立刻还原它真实的模样。

而它真实的模样是，风从路面上一遍遍筛出条状的雪，又将它们卷起，到空中成为子弹。车窗始终在颤抖着，雨刮器的工作成果化为乌有，连道路都在风雪里变形，它被揉得扭曲了一些，传递到车轮就是一次失控的跳跃。山灰白成天，天灰白成地，地记载你的惊恐与无力。时时刻刻看自己的无力在暴风雪里不能成形。它溃散于四野。

〔11〕

如果要排列旅程中最难忘的事件，这些应该都在榜上吧。

既恐怖又难忘，既难忘又兴奋，既兴奋又无力，既无力又不得不面对。出口与入口都设置完毕，只需在迷宫里画出路线图。然后回到家，回到城市，回到日常，接着累，觉着做无用功，接着遇到问题，接着回避问题，接着想躺倒——走在路上时就想忽然躺倒下去算了。

有时候是草在身体下，透过衣服的纤维挠你的痒。

有时候是雪在身体下，硬得像冰冻过久的一块糖，但它们却有可怕的黏性，扯着你不放开。让你仰天看，一点点的山，和一片失踪的云。

触感中算不得舒服，互相接触的部分时刻都在提醒背在遭殃，头发在遭殃，皮肤在遭殃。但一定会牢牢地铭记。是衬垫在最后一层的保护，由它安置了自己。它不急功不近利，也不积极主动，它不考虑赢的事，不考虑成功的事，不考虑目标，不需要意义，只是永远地作为最后一层消极的保护。

——没有力气了。

——嗯，我知道。

——我能躺一下么。

——好。

〔12〕

物理窥开后，人情照破时。

能将一个字，善解百年迷。

ICELAND

有生之年

落落

〔图文集〕

[I C E L A N D]

To donate you must log in on Icelandair's Frequent Flyer webpage, www.icelandair.com, and choose how many points you would like to donate.

Vigdís Finnbogadóttir, former President of Iceland, is the guardian of the fund.

Thank you for your contribution

Please hand this envelope to the cabin crew.

Children

Fund

www.vildarborn.is

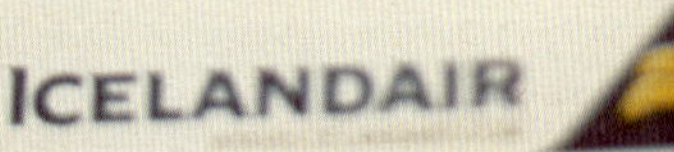

北京长江新世纪文化传媒有限公司总发行

青春文学

书名	作者	定价	书名	作者	定价
悲伤逆流成河（新版）	郭敬明	25.00元	南方旅店	林培源	22.80元
幻城	郭敬明	23.00元	花与灼眼之爱	琉玄	22.80元
夏至未至	郭敬明	26.80元	光与专属少年	琉玄	22.80元
小时代1.0折纸时代	郭敬明	29.80元	你可以爱我	琉玄	26.80元
小时代2.0虚铜时代	郭敬明	26.80元	秘境之匣	陈奕潞	22.80元
小时代3.0刺金时代	郭敬明	32.80元	2037化学笔记	陈奕潞	26.80元
临界·爵迹Ⅰ	郭敬明	19.80元	杀手婚礼之路	冯天	22.80元
临界·爵迹Ⅱ	郭敬明	22.80元	职业规划局	冯源	24.80元
爵迹·燃魂书	郭敬明	18.80元	没有死亡的命案	雷文科	24.80元
最后我们留给世界的	郭敬明	39.80元	我在你遥远的身旁	雷文科	24.80元
这些都是你给我的爱	安东尼	24.80元	宅不宅之暴走香港	琉玄	22.80元
这些都是你给我的爱2，云治	安东尼	32.80元	宅不宅之玩转东京	琉玄	22.80元
红-陪安东尼度过漫长岁月Ⅰ	安东尼	28.80元	直到最后一句	卢丽莉	24.80元
橙—陪安东尼度过漫长岁月Ⅱ	安东尼	28.80元	蔷薇求救讯号	卢丽莉	26.80元
西决	笛安	22.80元	封神	罗浩森	22.80元
东霓	笛安	26.80元	被窝是青春的坟墓	七堇年	22.00元
南音（上）	笛安	24.80元	澜本嫁衣	七堇年	19.80元
南音（下）	笛安	24.80元	大地之灯（新版）	七堇年	24.80元
告别天堂	笛安	22.00元	全世爱	苏小懒	18.80元
芙蓉如面柳如眉	笛安	24.80元	全世爱Ⅱ·丝婚四年	苏小懒	22.80元
妩媚航班	笛安	28.80元	鸵鸟座	孙晓迪	22.80元
不朽	落落	22.00元	荒潮		24.80元
须臾	落落	24.80元	恋爱习题与假面舞会	爱礼丝	22.80元
尘埃星球（新版）	落落	22.80元	阴阳	包晓琳	24.80元
年华是无效信	落落	24.80元	浮世德	陈晨	24.80元
千秋	落落	28.80元	燃烧的男孩	李枫	24.80元
万象	落落	39.00元	召唤喀纳斯水怪	李枫	24.80元
剩者为王Ⅰ	落落	25.00元	没有故乡的我，和我们	李茜	26.80元
剩者为王Ⅱ	落落	25.00元	出永安记	李田	22.80元
迷鸟守则	天宫雁	22.80元	蒹葭往事	林汐	22.80元
依存免疫变态	天宫雁	22.80元	东倾记·神启	琉玄	24.80元
鲸鱼星之夏	天宫雁	22.80元	东倾记·啸世	琉玄	24.80元
下一站·济州岛	郭敬明	29.80元	冬至线	天宫雁	22.80元
下一站·神奈川	郭敬明等	26.80元	任凭这空虚沸腾	王小立	22.80元
下一站·台北	郭敬明等	29.80元	又冷又明亮	王小立	24.80元
下一站·吉隆坡	郭敬明等	29.80元	有声默片	吴忠全	24.80元
下一站·伦敦	郭敬明萧凯茵等	26.80元	昔夏杉树镇	肖以默	24.80元
天鹅·光源	恒殊	24.80元	时雨记	肖以默	24.80元
天鹅·闪耀	恒殊	24.80元	楼上的女儿	颜东	22.80元
天鹅·余辉	恒殊	29.80元	午时风	野象小姐	24.80元
小祖宗1.0魔术师	自由鸟	24.80元	白夜森林	野象小姐 舞小仙	38.80元
小祖宗2.0命运之轮	自由鸟	24.80元	北城以北	余慧迪	24.80元
小祖宗3.0世界	自由鸟	24.80元	万能胶片	余慧迪	24.80元
往事	.	24.80元	最后一只猫	张喵喵	24.89元
南法航线	Pano	28.80元	遗迹·凝红	自由鸟	24.80元
160 170 180	陈晨	26.80元			

原创漫画

书名	作者	定价	书名	作者	定价
青春白恼会(1)/（6）	千魇,爱礼丝,阿敏	10.00元	《诡迹》上/下	郭敬明	14.80元
青春白恼会(7)	阿敏	12.80元	健身D日记/VOL.2	席滢	19.80元
小时代1.5青木时代(1)/（4）	郭敬明 猫某人 陌一飞	14.80元	下垂眼	王小立	10.00元
小时代2.5锋银时代 VOL.2/VOL.4	郭敬明	14.80元	下垂眼.VOL2	王小立	14.80元
受不了RELOAD·1/RELOAD·3	丁东	10.00元	爵迹回格	郭敬明	22.80元
小祖宗Volume 01/03	自由鸟 夏俊	10.00元	收纳空白	年年	36.00元
《艾莎的森林》上/下	张晶	16.80元	N.世界	年年/郭敬明	38.00元
梅兰芳卷一梅之卷	林莹	16.80元	爵	王浣	58.80元
梅兰芳卷二兰之卷	林莹	16.80元	纯禽史：辞职前我都干了些什么	叶阐	24.80元
梅兰芳卷三竹之卷	郭敬明	14.80元	二秃子！不许笑！		29,80元
梅兰芳外传-再见梅兰芳	林莹	16.80元	妖精的尾巴(1)/（16）	真岛浩	10.00元

期刊

刊名	主编	定价
最小说	郭敬明	15.00元
文艺风象	落落	16.80元
文艺风赏	笛安	16.80元
最漫画	郭敬明	10.00元

长江文艺出版社有限公司北京图书中心•上海最世文化发展有限公司出品

北京长江新世纪文化传媒有限公司总发行

名人励志

书名	作者	定价
姥爷	蒋雯丽	34.80元
虚实之间	芮成钢	32.00元
幸福了吗？	白岩松	29.00元
痛并快乐着	白岩松	29.00元
幸福深处	宋丹丹	22.00元
两生花	沈星	22.00元
咏远有李	李咏	25.00元
长天过大云	姜文	49.80元
骑驴找马	姜文	49.80元
墨迹	曾子墨	22.00元
心相约（新版）	陈鲁豫	22.00元
我把青春献给你（新版）	冯小刚	26.00元
如果 爱（新版）	冯远征 梁丹妮	26.00元
时刻准备着	朱军	19.00元
我的世界我的梦	姚明	25.00元
我的诺曼底	唐师曾	29.00元

名家名作

书名	作者	定价
大故宫	阎崇年	32.80元
大故宫2	阎崇年	32.80元
大故宫三	阎崇年	36.80元
我不是潘金莲	刘震云	29.80元
温故一九四二	刘震云	29.00元
一句顶一万句	刘震云	29.00元
我叫刘跃进（精装）	刘震云	29.80元
一地鸡毛（精装）	刘震云	32.80元
手机(精装版)	刘震云	25.00元
双城生活	王丽萍	28.00元
货币战争4	宋鸿兵	39.90元
突破缅北的鹰	萨苏	39.80元
穿"动物园"的女编辑	赵赵	29.80元
狼图腾	姜戎	32.00元
蜗居	六六	25.00元
偶得日记	六六	20.00元
妄谈与疯话	六六	22.00元
苏小姐的婚事	六六	39.80元
小情人	六六	28.00元
文明的远歌	熊召政	28.00元
狼烟北平	都梁	30.00元
亮剑(新版)	都梁	38.00元
血色浪漫（新版）	都梁	38.00元
荣宝斋	都梁	36.00元
包容的智慧	星云大师/刘长乐	28.00元
雪冷血热(下)	张正隆	40.00元
雪冷血热(上)	张正隆	40.00元
大帅府	黄世明	28.00元
朝花夕拾	鲁迅	12.00元
呐喊	鲁迅	14.00元
草样年华·壹·北X大的故事	孙睿	28.00元
草样年华·贰·后大学时代	孙睿	28.00元
草样年华·叁·跑调的青春	孙睿	28.00元
草样年华·肆——盛开的青春	孙睿	28.00元
高地	徐贵祥	25.00元
新狂人日记	王朔	25.00元
鲁迅回忆录	许广平	32.00元
三毛的最后一封信	眭澔平	39.80元

实用指导

书名	作者	定价
你吃对了吗？	于康	33.00元
好孩子：三分天注定，七分靠教育	洪兰	32.00元
重返狼群	李微漪	35.00元
长大不容易	卢勤	28.00元
生命沉思录	曲黎敏	29.00元
黄帝内经·胎育智慧	曲黎敏	29.00元
黄帝内经·养生智慧	曲黎敏	29.00元
黄帝内经·生命智慧	曲黎敏	29.00元
从头到脚说健康	曲黎敏	29.00元
从头到脚说健康2-健身气功与养生之道	曲黎敏	29.00元
从字到人（养生篇）	曲黎敏	29.00元

文集

书名	作者	定价
货币战争文集	宋鸿兵	288元
鲁迅大全集（全33卷）	李新宇 周海婴	3600元
《大故宫》精装珍藏本	阎崇年	380元
曲黎敏健康养生大全	曲黎敏	1999元

Gull
WHALE WAT
TICKETS &

LE WATCHING
ST CENTER

ATM

Artisanal Kvenfatnadur
Fatabreytingar & Vidgerdir

RESTAURANT
Restaurant

Njálsgata
GÓÐHEILSA

BJARG.
1920

FACTORY SHOP
Grétu

FIN
N
AMSTERDAM
ÍS
NL

No Smoking

To know nothing is such a wonderful thing.
When you find that you know nothing about the world
and that you are in the unknown,
you will feel so happy.
A real peacefulness comes to you at such a time.

When the whole universe including ourselves
are one and united and together,
all of us will find that we are neither friends nor enemies.
This awareness will be a greatest joy for us.

——March

附录

QUESTION and ANSWER

Luoluo × Luoluo

症候何时来

不能少的东西是？

还是摄影器材为主。老想着去一次多不容易啊，所以能带的数码或胶片机全部都带上了，镜头也全部都带上了。第二次回来后发现三脚架在略微严酷的环境中已损坏，换了个新的，比之前的结实，但反而更重了一些。所以也是深深感受到了自驾游的好处：不用扛着至少几十斤的器材累得不成人形了。

除此之外，电脑也是不可少的，MP3，在书里已经写过。以及每次都会带两部手机，一部换上一张当地的SIM卡，用以上网，能随时随地上网还是很重要的；用以查看地图，查询实时路况和天气信息等；当然还有随时随地和家里可以用微信取得联系，让父母放心。5G的流量包记得合人民币两三百块吧。可惜每次都不可能用得完。最后那天一整晚都用来看YouTube上的《康熙来了》或者《国光帮帮忙》，也依然用不完。

能租到车就真的太好了。

要不是查询到赫兹租车认可中国驾照的消息，估计也不会有后来的旅行了。具体信息可以去赫兹官网查询或者拨打咨询电话，淡季的时候会赶上不错的折扣，入旺季就真的贵到天天都像在割肉，恨不得每天都睡在车上。（真，没，收，赫，兹，一，分，钱，广，告，费……反而几次租车下来向他们交了许多钱啊啊啊啊……）

哪个车来着？

我一开始要求四驱和自动挡，所以租车公司他们给我安排了丰田的RAV4，所以后来几次也就一直盯着这个开吧，省得换个车型又要重新磨合一阵。（但说实话，这车不算好开——都说了不是广告了。）

但真能说有一部分的目的是为了长篇小说的取材而去的么。

一开始只是隐隐地有这样的希望，而且我的确是写着写着又毫无新意地不知道怎么写了，加上其他事的各种压力，老习惯地开始强烈地想要往外跑，反正每次出门我总能确实地收获很多从来都没有过的经历，这对写作来说是非常非常好的——说穿了的话，好像还是逃避之后的美化逃避。但第一次抵达冰岛后，次日早上我开车驶离首都，出发前进，渐渐太阳升起，两侧无垠的平整雪山从淡紫色变粉紫色，变金色，变黄色，直到变成彻底的白色，地球画一条完整的巨大弧线区分了苍穹，由我所处的细细长路指向它的终点，真的难得有了那么具象的“宇宙”和“终结”的概念。我脑海中全是那个长篇小说的名字。这很可能会是我这一生中，最接近“宇宙”和“终结”这两个词语的时刻了。我这次特别开心的一点是，很可能我找到了比之前要好一百倍的结局写法。而这是冰岛给我的。毕竟过去那么多年，最初给长篇起名《全宇宙至此剧终》时对它的判断，对它的定义已经几乎不复存在，但值得庆祝的是，我发现了比过往要精彩一百倍的属于它的画面和瞬间。

那到底写了多少啦?

在冰岛当地，每次都能写个八千字吧——一天一千字，对于还要驾车出门赶路，回宾馆后又累又困又饿的人来说已经是很了不起了欸。剩下的总之就留到回来时慢慢继续往下填吧。

其实去之前更担心会冻死在那里。

后来看到一个说法(未经严格的科学考证),当初为冰岛起名“冰岛(Iceland)”时,是抱着希望他人被这个名字吓退不要过来的意图，因为担心过多的人光顾使它失去了生机——恰恰相反的是格陵兰岛（Greenland），明明是标准的冰天雪地，却起个绿油油的名字，就是因为实在太过人烟稀少，因此希望起个“欺骗性”的名字使得不明真相的人能够到访……这个说法还真是，有点意思……

但我第一次去之前的确很害怕，想到上次新年差点被零下十四摄氏度的纽约冻死，在时代广场上两脚已经完全失去知觉，时刻担心可别回头就要截肢，所以一开始对冰岛也是同样担心不已。然而真的去过之后，得到一个完全不同的概念，冰岛虽然也冷，但说实话和国内大部分地区在冬天时的温差不大，因此有时候一件毛衣加大衣就能扛过去（除非遭遇下雨下雪等极端天气或长时间待在户外，冰岛南部多雨，很多游客都备有一件防水的冲锋衣，像我这种没有的，就指望车内空调和自身体温烘干了），而入夏后更是和煦，景点多的是穿长袖T恤的人。

带没带书啊?

好像没带。除了往返的飞机上，应该都没什么时间看书吧。

但有时候很多很多句子会浮现出来。像前面说的，会不停地滚字幕，例如自己长篇小说的名字，也同样会循环其他的，以前曾经记住过的句子。

好比说?

好比说海子写的，“目击众神死亡的草原上野花一片”。

好比说尼采写的，“谁终将点燃闪电，必长久如云漂泊”。

王小波是最会写情书的人，他有一句，“当我跨过沉沦的一切，向着永恒开战的时候，你是我的军旗”。有整整一天，这句话都在我脑海中反复地被诵读，反复地一次一次又一次。

还有维特根斯坦写的，“告诉他们，我度过了极好的一生”。

我难得找到可以掉书袋掉得那么不害臊的时候，夹杂在“啊啊啊啊啊”和“美美美美美”“好棒好棒好棒”和“风——太——大——啦——”中间，脑海中反复循环着一句话“向着永恒开战的时候，你是我的军旗”。

还不错，很多片段，现在也可以随时回想起来。还都集中在第一次去的时候。

毕竟是第一次嘛，整个人就没有从神经高度紧张和高度兴奋里松弛下来过。哪怕就没多少时间见到太阳，当天色转黑，我也不太明白自己的车开到哪儿了，就追着地平线上那道仅剩的紫红色晚霞一直往前，一直往前。

花了多少钱?

前两次还好，机票买得早，加上淡季，住宿也相对便宜，租车也相对便宜。但一！到！了！旺！季！那价格真！是！吐！血！尤其是租车，直接翻了三倍，折合下来一天一千多块（还不含油钱）地这么开啊！贵！得！想！要！满！地！打！滚！所以我每天一大早起然后很晚才到宾馆都是为了可以多开会儿车把本尽量捞回来（结果就是油钱烧掉更多）……

冰岛是用自己当地的冰岛克朗吧。

过去自己孤陋寡闻，总以为欧洲国家都在欧元区，结果发现很多都不是啊！冰岛的钱币票面都很大，和人民币的比值，差不多它的标价除以 20 吧。然后冰岛的硬币上面都印满了海产品。（……应该是说海洋动物！）

所以也没怎么好好吃过一顿欸。

我对吃的要求很低，能饱就行，不是泡过冷水的猪肉片就行。所以大部分食材都觉得“挺好吃的”！一般只在最后一天会额外去吃顿好一点的，雷克雅未克市中心有个餐厅非常美，菜品也很出色。平日里差不多三餐都靠超市买的面包或蛋糕，水果，还有一种三明治度日。（哦对其实那种三明治我很想推荐的，味道好接近全家便利店里的产品啊！完全不会吃不惯！）

居然还晒黑了，最不开心的就是这一点。

第一次没带墨镜和防晒霜后，后悔得一天骂自己十几遍。结果后面两次带了防晒霜但还是没有带墨镜（或者类似可以在雪地里保护眼睛的防护镜）。

如果一定要评选最难忘的景色呢?

首选只能是极光。如果还有其他名额的话，是冰封的瀑布吧，但瀑布就让我留到以后的小说里去仔细写了。不然都写掉了！

有很想大喊的时候吗?

真的可以大喊的时候其实也喊不出什么来啊，就是“啊啊——”那么一下，也还是有点不好意思，不太敢，没有勇气。明明穷极四目，都没有人烟，只是荒野都是远山。

我记得在家里时，明明一天到晚就想要大喊。

还老抱着一个念头：如果可以，我要给自己造一个山头，也不用来干其他的，就用来在想发泄的时候上去“哇啊啊啊啊——”地歇斯底里地大喊。搞不好还可以出租，可以变成一项营业项目。

压力不用太大。

这种话，也就随便说说，也随便听听而已啦。

仔细回想，还是非常累的吧。

在冰岛的时候还好，累的多是转机时，每次中间等待的时间都试炼般地漫长。第一次去时是在赫尔辛基转机的，飞机下午六点到，而飞冰岛的航班在第二天凌晨，唯有在附近找个宾馆住了一晚。那个宾馆同样让我印象非常深刻。没有前台，入住时有一个门锁密码发送到你的电子邮箱。入住后也几乎见不到其他人影，一整楼就是长长的一圈房间，走廊灯光白寥寥的，洒在同样青白色的地砖和墙壁上，晚上十一点独自去公共浴室里洗澡时，几乎琢磨不清自己到底是希望能遇见人还是千万不要遇见人。

有什么遗憾的事吗?

没有真正的遗憾。就算未能实现的零碎计划不少，好比我每次只在雷克雅未克匆匆停留一夜第二天便急于出发，没进过那座著名的大教堂，从没在市区好好地闲逛过；也有很多地方都花了冤枉钱，因为遭遇过在自助加油站信用卡无法使用的事，后来便一口气提前买了太多加油站的储值卡，计算错误，剩下太多；又好比行程可以做得更准确些效率高些，好比说原本想开车去 KJVA 火山，但开上路后逐渐发现通往目的地的是条极其艰难的险路，不想出事不想死，所以也放弃了……但从来不觉得是遗憾。在冰岛就没有遗憾过。

那碰到过什么很危险的事吗?

几乎都是与驾车有关。有一次是发现好风景后太着急了吧，停车时居然切错了挡位，结果我是下车站在路面上了，回头一看我的车却自顾自地倒退，而且以一个相当可怖的速度朝路尽头后退而去，不远的地方正是无法避免的山崖。起初还试图靠自己的力气去阻挡它，去扯住车门，去撑住车体，当然立刻就被现实一票否决，告诉我完全没有可能，那个当下真的完全不知如何是好，快要对车毁钱失的结局认命，脑海里全是哭腔“最糟的事情要发生了”“最糟糕的事情要发生了”。最后是如何解决的——我也顾不上是不是能行得通了，类似跳车那样，只不过是打开车门硬生生跳上去，然后强行地把倒车挡切回停车挡。车是总算停下了，我僵坐在座位上大气也不敢出，一个劲儿地发抖，内层的衣服已经全部被冷汗打湿了。

包括一开始，前面提到过，自助加油站似乎只有招商银行的 MASTER 卡可以使用，另一个银行的 MASTER 信用卡却不行，但我招商银行的卡已经彻底刷爆，我守着一辆油箱已经彻底罢工的车一个多小时，在荒山野岭依然等不到一个能向他求助的人影，不得不打国际长途回家让家人帮忙先还一笔欠款，好让我能用信用卡给车加油，那会儿国内已经是半夜了，把原本在熟睡的父母也吓一跳。啊，想起来了，还有一回，开个极陡的斜坡。起初是注意到路旁的标志牌指出一条小径的那头有可以游览的景点，我于是将车开上去，开了很久，路也越来越崎岖，全由乱石组成，渐渐到了山顶处，前面出现一个目测之下异常可怕的陡坡。先前有一辆车一直跟在我之后，但它也在这个陡坡前停下了，不再前进。可我总觉得可以试一试，毕竟已经离山顶近在咫尺了，不想放弃，而当真正开上去时，感觉整个车身都直立了起来，手心全是汗水，心里担忧得不行，害怕就算开了上去，下来的时候也会整个倒栽下山。（插句闲话，很早以前在国内爆出过 RAV4 连 30 度斜坡都上不去的“新闻”，新闻本身真假难辨，但至少我测试下来，在上下坡方面它是没有问题的……什么嘛，我是车辆评测员吗？有钱的话我也想租路虎呀！）

要注意安全啊！

注意安全啊啊啊！安全第一啊啊啊！任何时候都是安全第一啊啊啊！所以我后来都狠狠地把“心存侥幸”四个字从字典里删掉了！

说回相机，有虽然是好景色，但没有去拍的时候吗？

去蓝湖的时候。天色早就漆黑一片了，我几乎是摸索地找到了蓝湖。虽然叫是叫“湖”，更准确来说是个露天温泉 SPA 馆。只不过因为天色的关系，是看不清它的大概面貌的。来之前也仅仅是在网络上看到过资料的图片。

之后一系列的流程就和去国内泡露天温泉差不多，有更衣室，有洗衣间，有给你衣柜的钥匙，挂在手腕上。直到那会儿我还在犹豫要不要带相机下去温泉，后来想想实在也没那个必要，黑漆漆的根本很难拍摄，再说万一掉进水里那不是更惨。

哦对，蓝湖的水温其实不算很热，在冬季里，裸露在外的身体已经觉得很冷，池子中间部分的水压根就是温温的而已，得找到出热水的口子附近才暖。池沿边都放着好几个白色的塑料桶，一边挂着勺子，用来让人去挖里面的泥巴，说是有美容疗效的。好多说着不同语言的外国人，也包括我，就一个个都脸上涂得灰灰的，然后潜在池子里，只把头露出来。

泡了大概一个多小时，似乎是临近闭馆时间了吧，才离开。起初打算买点那个和泥巴相关的护肤品当纪念品回家，一算价格真不便宜，所以最后什么也没留。除了从温泉离开时，把脸冲干净了，之后绷在整个脸上的干燥感。

其他的，要说没有拍照的场景，当然有，因为常常以很快的速度疾驰在路上，忽然发现路边的绝景时，有时候会来不及停车，一旦过去了就想着那就过去吧，留在眼睛里了也是很好的。

一共多少行李?

一个标准的大旅行箱外，也就一个随身的包。

相机的设备，然后每天一套衣物，所有洗漱用品差不多在箱子里装个七八分饱。随身的包里就准备着护照，手机，所有地图，事前打印好的订单行程单，还有那些润唇膏或者纸巾，等等。总体来说行李没有那么多，毕竟不涉及购物的旅程，去冰岛来来回回的几次，买点明信片，买点钥匙圈，大不了买点当地的火山土浴盐就完了，绝对不会发生在法国或意大利的机场，狼狈地在行李柜台前把东西摊得满地都是，只为了能挤出那超重的五公斤这种事。

 # 那也顺便给个歌单吧。

开车时放的么?(说起来也是后来写这本书时听的。)总量上肯定是很多很多的,就选一小部分列上来吧。

有 Jon Hopkins 的 *Vessel*;

Balmorhea 的 *Lament*;

岩崎琢的 *Metaphore* 和 *Silhouette of a Ballerina*;

横山克的 *Honey Trap(SUI REMIX)*;

Pg.lost 的 *Kardusen*;

JUJU 的 *Heart Beat 和ありがとう -Beginning of Everything ver.-*;

Ours to Alibi 的 *Weary, We Fell Upon Land*;

川村结花的 *Every Breath You Take*;

椎名林檎的 *Apple*;

Madonna 的 *Miles away*;

Omodaka 的 *Fortunate Imark(A-4 Mix)*,等等等等。

 # 有一半是快歌欸。

开车时听快歌的感觉真的超级棒。而且不容易打瞌睡,这点也很重要啦。

 # 所以还都挺顺利的。

是的。

只不过最近又开始天天躺在床上想着“天花板为什么不塌下来”“天花板为什么不塌下来”了。

嗯，想着自己到底有多久没写完一个故事了，想着明天要怎么办，想着接下来呢，想着找不到可以帮助我的人啊，想着明明有人来帮助应该怪我自己太贪婪，想着我可以吗，想着我可以的，想着我真的可以吗，想着好久没有打游戏了，想着已经快凌晨四点了我真的还不打算睡着……

会想念冰岛么?

没那么频繁了，当然写这本书的时候肯定避免不了天天要回想。

先说点别的不相关的事?

可以呀。我想想。

啊，我是看见了两年前手机里的照片才发现自己有那么久没有出过书了。两年了。很长的。而且这一回的图文集如果要严格来划分的话，可能还是和目标中的长篇小说不太一样。所以说，离下一个小说真的隔了很久。

我倒想起来前两天和人聊天时听到的，对方是个理科生，他跟我说的，数学中有个定理（我这边的记忆可能会稍微有点出入，希望可以表达完整），这个定理的意思是，只要是在一维的平面上，无论这个点如何前进，它最后都能回到原点。也许会花很久很久的时间，很久很久，但最终它一定可以再站到起点的地方。

可能有一半的人会觉得很欣慰，有另一半的人会觉得很沮丧吧——对这样一个定理。

#：）

：）好了啦。我挺好的。

 # 所以说，难道整个 2014 年回顾起来的话，最重要，或者说最有意义，最深刻的就是去了近一个月时间的冰岛么？

那段时间的确很重要，也很有意义，也帮了我不少忙，成为非常有价值的经历。但说“最”的话，也还是有其他的事情吧，我以为。倘若真的来回顾这一年，知道吗，我会非常非常唏嘘，很多很多事情不具备可以拿出来讲的性质，它只是巨大地发生在我的生活里，巨大地改变了我此时此刻，或者之后数年的人生轨迹，让人变得很疲倦，或者很无力，或者很激动，或者很骄傲，或者心肠迅疾地硬了起来，血液迅疾地冷下去，这样的事情居然都不止一件，而是有许多。但偏偏与此同时，自己归根结底也只是个非常平凡而普通的人，所以换个了不起的身体的话，那些事件应该能在他们身上留下更鲜明的痕迹，但我过于渺小寻常，是个很微不足道的数字，所以就算那些了不起的大事件在自己身上相乘，最终也翻不了几倍吧，就是大了一点点而已。

整个 2014 年——此刻又进入我异常喜爱的冬天了，我真的越来越喜欢冬天多过夏天，夏天是属于黏稠暧昧又糊涂的青春的，冬天里适合发生所有清醒而冷静的事，但留给心的是温暖。无论如何都想温暖起来，再怎么寒冷的环境下，再怎么萧条的环境下——回到整个 2014 年，可以列出很多事，对我来说重要的，有意义的，深刻的事，去冰岛是其中之一。第三次的行程结束时，是早上，我把车开到车行，排队等待检验完毕，然后推着行李走向几百米外的候机楼。天还是下雨，雨细而极密，很快在脸上冲走了一层。我盘算了一下之后的日程和计划，估计不会那么快回来了，也许要半年，也许要再过一年，但半年也好，一年也好，肯定会再来的。冰岛必须一来再来。

除了它以外，还有其他想去的地方么，将来想去哪里?

条件成熟的话，复活节岛吧。希望 2015 年能够成行。

好多岛啊。

是呀是呀：）

-FIN-

And in the new world ,our behavior of belonging to something and sense of separation and division will diminish, and our awareness that every being is one and united will grow deeper as our understanding deepers.

That all of us are the universe itself and a part of the whole beings.

By becoming aware of ours system of giving names, meanings and ideas which can be either good or bad as seen from a certain direction, we will develop more neutral standpoints and see a reality of the unknown more deeply.

——MARTH

Saga Shop
Sales Receipt
Date
06 Apr 2014
Time
13:25
Sector
KEF-AMS

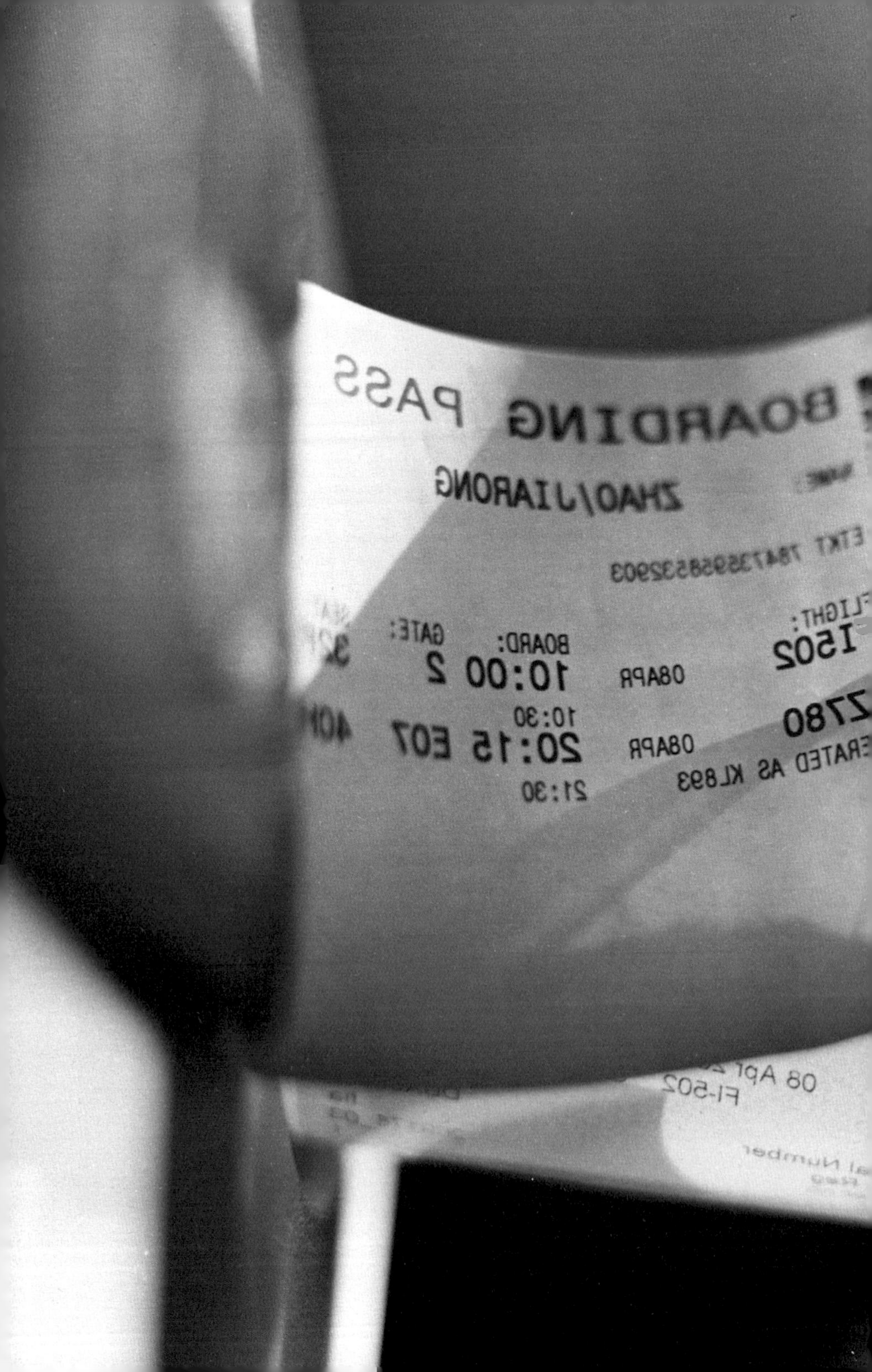

BOARDING PASS

ZHAO/JIARONG

FLIGHT: BOARD: GATE:

1502 08APR 10:00 2

2780 08APR 20:15 E07

10:30

21:30

ERATED AS KL893

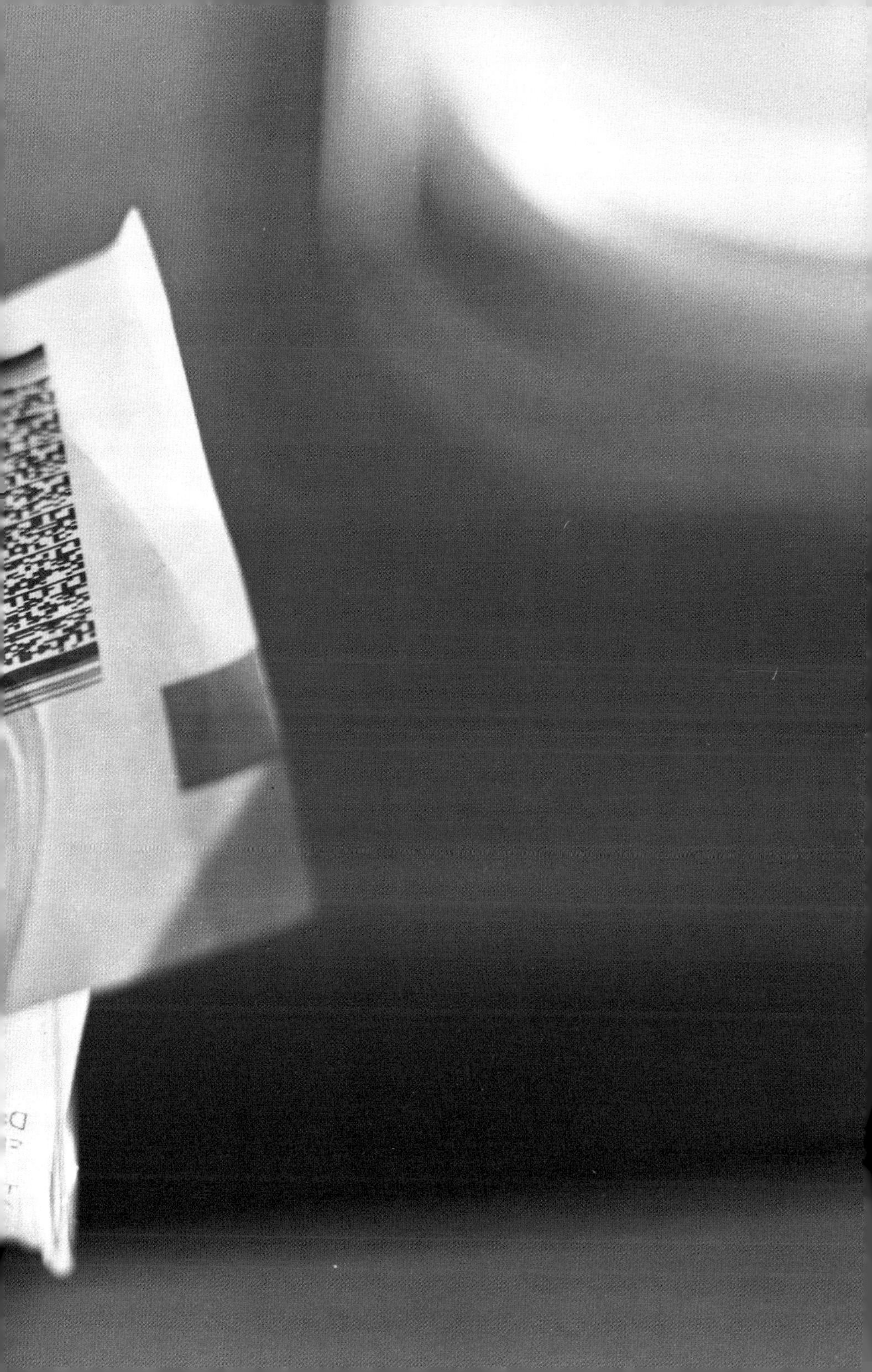

有生之年

ZUI Book
CAST

落落 著

出品人 郭敬明
选题出品 金丽红 黎波
项目统筹 阿亮 痕痕
责任编辑 赵萌
助理编辑 杨柳婷
特约编辑 FredieL 三禾
责任印制 张志杰

*装帧设计 ZUI Factor www.zuifactor.com
设计师 FredieL
内页设计 FredieL
封面摄影 落落
内页摄影 落落

出版社／长江文艺出版社
出品／上海最世文化发展有限公司
官方网站／www.zuibook.com
平台支持／最小说　ZUI Factor

图书在版编目（CIP）数据

有生之年 / 落落著 . -- 武汉 ：长江文艺出版社，2014.12
ISBN 978-7-5354-7681-4

Ⅰ . ①有… Ⅱ . ①落… Ⅲ . ①散文集—中国—当代 Ⅳ . ① I267

中国版本图书馆 CIP 数据核字（2014）第 236067 号

有生之年

落落　著

出品人 | 郭敬明
选题出品 | 金丽红　黎　波
项目统筹 | 阿　亮　痕　痕
责任编辑 | 赵　萌
助理编辑 | 杨柳婷
特约编辑 | Fredie.L　三　禾
装帧设计 | ZUI Factor
设计师 | Fredie.L
内页设计 | Fredie.L
摄　影 | 落　落
媒体运营 | 李楚翘
责任印制 | 张志杰

出版 | 长江出版传媒 | 长江文艺出版社
电话 | 027-87679310　传真 | 027-87679300
地址 | 湖北省武汉市雄楚大街 268 号湖北出版文化城 B 座 9-11 楼　邮编 | 430070
发行 | 北京长江新世纪文化传媒有限公司
电话 | 010-58678881　传真 | 010-58677346
地址 | 北京市朝阳区曙光西里甲 6 号时间国际大厦 A 座 1905 室　邮编 | 100028
印刷 | 北京尚唐印刷包装有限公司
开本 | 880*1230 毫米　1/32　印张 | 13.625
版次 | 2014 年 12 月第 1 版　印次 | 2014 年 12 月第 1 次印刷
字数 | 150 千字
定价 | 58.00 元

我们承诺保护环境和负责任地使用自然资源。我们将协同我们的纸张供应商，逐步停止使用来自原始森林的纸张印刷书籍。这本书是朝这个目标迈进的重要一步。这是一本环境友好型纸张印刷的图书。我们希望广大读者都参与到环境保护的行列中来，认购环境友好型纸张印刷的图书。